Christa Holtei
Der Pfefferdieb

D1873701

Punkte sammeln auf www.antolin.de
STADTBÜCHEREI
KARBEN
Es ist Lesezeit

© privat

Christa Holtei wurde 1953 in Düsseldorf geboren. Sie studierte Anglistik, Romanistik, Philosophie und Pädagogik und arbeitet heute an der Heinrich-Heine-Universität Düsseldorf. Seit 1994 ist sie außerdem als Übersetzerin und Autorin für verschiedene Jugendbuchverlage tätig.
Mehr über Christa Holtei und ihre Bücher unter www.phil-fak.uni-duesseldorf.de/~holtei/.

© privat

Volker Fredrich, geboren 1966 in Mühldorf am Inn, studierte an der Fachhochschule Hamburg Illustration. Seit 1996 arbeitet er als freier Illustrator für zahlreiche Kinder- und Schulbuchverlage. Er lebt mit seiner Familie in Hamburg.

Christa Holtei

Der Pfefferdieb

Ein Mitratekrimi aus dem Mittelalter

Mit Zeichnungen von Volker Fredrich

Stadtbücherei
– City-Center –
Robert Bosch Str. 62
61184 Karben

Deutscher Taschenbuch Verlag

Das Rezept der Weichselkirschensauce auf S. 150 stammt aus:
Trude Ehlert, Das Kochbuch des Mittelaters.
© Patmos Verlag GmbH & Co. KG, Artemis & Winkler, Düsseldorf

Für meine Schwägerin, die sogar ihre Familie
zu kurz kommen lässt, wenn ich bei einem
neuen Buch ihre Unterstützung und Kritik
(positiv oder negativ) dringend brauche.

17. JAN. 2007
33434
Stadtbücherei
– City-Center –
Robert Bosch Str. 62
61184 Karben
5.1
Stadtbücherei
Ausgemustert

Originalausgabe
In neuer Rechtschreibung
November 2006
© 2006 Deutscher Taschenbuch Verlag GmbH & Co. KG,
München
www.dtvjunior.de
Umschlagkonzept: Balk & Brumshagen
Umschlagbild: Volker Fredrich
Lektorat: Maria Rutenfranz
Gesetzt aus der Berling 11/14'
Gesamtherstellung: Druckerei C. H. Beck, Nördlingen
Printed in Germany
ISBN-13: 978-3-423-71178-4
ISBN-10: 3-423-71178-7

Personen der Handlung

Hannes (11):
Küchenjunge und Freund von Jakob und Agnes

Agnes (10):
Tochter von Josef Steinhaus

Jakob (10):
Sohn von Jakob Brauer

Josef Steinhaus: *Gewürzkrämer*
Adelgunde: *seine Frau*
Max und Paul: *seine Knechte*

Jakob Brauer (»Köbes«): *»Drei Kronen«-Wirt*
Hilda: seine Frau
Peter (5), Elsbeth (3): *Jakobs Geschwister*
Lisa: *Küchenmagd*

Benedikt: *Jakobspilger*

Graf Wilhelm von Erlenburg: *Stadtherr*
Gräfin Elisabeth: *seine Frau*
Markus von Thalbach: *Stadtvogt*
Hugo: *Burgkoch*

Matthes: *Burgschänken-Wirt*

Der Alte Franz: *Nachtwächter*

Gottfried: *Spielmann*

Klaus: *Flussschiffer*

Bruder Bernhard: *Klosterpförtner*
Bruder Martinus: *Krankenbruder im Klosterhospital*
Bruder Anselm: *Gärtner im Kräutergarten des Klosters*

Bertram: *Hannes' Großvater*

1

Ein sehnlich erwartetes Schiff

Hannes blickte sich in der großen Burgküche um. Alles war aufgeräumt. Hugo würde mit ihm zufrieden sein. Das war wichtig, denn Hugo konnte schnell zornig werden. Der Koch des Grafen Wilhelm von Erlenburg war Hannes' Lehrmeister. Er legte Wert darauf, dass in seiner Küche alles wie am Schnürchen lief. Den ganzen Tag lang hatte Hannes alle Hände voll zu tun. Er hielt das Feuer in Gang, schleppte Wassereimer und Kübel voll Gemüse, rupfte Hühner und hörte sich geduldig Hugos Gezeter an, wenn etwas schief ging. Abends fiel er todmüde auf seine Strohmatratze in einer Ecke neben dem großen Küchenkamin. Aber er war trotzdem zufrieden. Er hatte ein Dach über dem Kopf und bekam dann und wann sogar neue Kleidung. Für einen wie ihn, der ohne Eltern aufwuchs, war das ein gutes Leben.

Hannes warf einen letzten Blick auf die Burgküche, bevor er sich auf Zehenspitzen hinausstahl. Eilig lief er durch das Burgtor hinunter zum Hafen vor den Toren der Stadt Erlenburg. Schiffer Klaus sollte heute Abend mit seinem Frachtkahn über den Fluss kommen! Hannes liebte Schiffe und nutzte jede Gelegenheit, um eines aus der Nähe zu sehen. Wie oft war er früher mit seinem Vater Johannes hier unten am Hafen gewesen! Johannes hatte in seiner Schreinerwerkstatt ganze Baumstämme zu Schiffsplanken verarbeitet. Bestes Eichenholz hatte er verwendet und Hannes war sehr stolz gewesen, weil sein Vater in der Zunft als der Beste gegolten hatte. Aber seit er tot war, musste Hannes allein zurechtkommen.

Unten am Hafen wartete schon der Gewürzkrämer Josef Steinhaus mit seinem Knecht Max auf Klaus und seinen Frachtkahn. Neben den beiden standen Matthes, der Burgschänkenwirt, und Jakob Brauer, Wirt der »Drei Kronen« am Markt und von allen nur »Köbes« genannt. Hannes wusste, dass die beiden Wirte dringend auf ihre bestellten Weinfässer warteten. Er rannte durch die Pforte am Hafentor zu ihnen hinüber und schaute suchend über den Fluss.

»Da kommt er!«, rief er.

Am gegenüberliegenden Ufer ging die warme Julisonne wie ein großer Ball unter und verwandelte das Wasser in flüssiges Gold. Der Frachtkahn, der sich dem Hafen näherte, war gegen das Licht kaum zu sehen.

»Ja, tatsächlich!«, brummte Matthes. Er kniff die Augen zusammen und spähte angestrengt unter seinen buschigen schwarzen Brauen her. »Ich sag's ja – die Jüngsten haben immer noch die schärfsten Augen!«

»Es wird auch langsam Zeit!«, bemerkte der Gewürzkrämer Josef Steinhaus verdrießlich und rümpfte seine spitze Nase. Seine Hände steckten in den weiten Ärmeln seines kostbaren Mantels. Er klopfte gereizt mit dem Fuß auf den Boden. Das Abendläuten war schon lange vorbei und er hatte wirklich Besseres zu tun, als hier am Hafen herumzustehen. Sein Knecht Max nickte zustimmend.

Nur Köbes strahlte zufrieden über sein breites, gutmütiges Gesicht. »Da kommen die Weinfässer!«, sagte er. »Nun kann der Jahrmarkt morgen beginnen!«

Der Jahrmarkt! Hannes freute sich darauf. Viele Fremde und Gaukler kamen jedes Jahr zum Juli-Markt in die Stadt. Drei Tage lang konnte man Handelswaren aus fernen Ländern bestaunen. Und als Abschluss wurde das Kirschenfest gefeiert! Hoffentlich, dachte Hannes sehnsüchtig, konnte er sich diesmal wenigstens ab und zu von seiner Arbeit in der Burgküche fortstehlen! Er würde zu gerne mit seinen Freunden Jakob und Agnes über den Markt gehen.

Gespannt beobachtete er mit den anderen, wie das schwere Lastschiff anlegte. Es ächzte und stöhnte unwillig, aber schließlich konnte der Schiffer an Land springen. Klaus war ein kleiner, sehniger Mann und sehr beweglich für sein Alter. Sein schmales Gesicht war von vielen Lachfalten durchzogen, aber er konnte auch blitzschnell aufbrausen, wenn ihm etwas nicht passte.

»Ihr lasst Euch Zeit, Meister Schiffer!«, rief Josef Steinhaus. »Das Abendläuten ist schon lange vorbei. So spät seid Ihr noch nie gekommen!«

»Glaubt mir, Meister Steinhaus«, antwortete Klaus

verärgert, »es liegt nicht an mir. Es ist unglaublich, was manche ...«

»Lass uns doch erst mal ausladen, Klaus!«, unterbrach Köbes den drohenden Redeschwall. »Bald ist es zu dunkel dafür. Nach der Arbeit hören wir deine Geschichte noch mal so gerne.«

»In Ordnung«, gab Klaus nach. »Wohin mit der Ladung?«

»Alles kommt zunächst in unser Lagerhaus hier am Hafen«, antwortete Josef Steinhaus ungeduldig. »Leider ist es schon viel zu spät, um unsere Waren noch in die Keller zu schaffen.«

»Ja«, nickte Matthes. »Der Zollmeister kann sie morgen früh erst abnehmen.«

»Es gäbe sowieso nur Ärger, wenn wir so spät noch mit meinen Fässern durch den Tunnel bis zum Markt rumpeln!«, sagte Köbes.

Hannes sah sich zu der Reihe Torbögen in der Mauer um, wo die fest verschlossenen Eingänge zu den unterirdischen Gängen waren. Nur zu gern hätte er die Waren noch heute mit durch die Tunnel gebracht. Es war spannend, durch die Gänge unter der Stadt zu laufen. Über der Erde gingen die Menschen ganz normal durch die Gassen, aber im Tunnel unter ihren Füßen flackerte das Licht einer Fackel über die rauen Wände. In den Schatten hörte man es huschen und knabbern. Und wenn man schon dachte, man käme nie wieder heraus, stand man plötzlich vor einer Tür, die zum Lagerkeller unter dem Haus eines Kaufmanns oder eines Wirtes führte.

Hannes seufzte. Morgen früh würde er bestimmt in der Burgküche gebraucht und konnte nicht weg!

»Also los!«, sagte Klaus. »Die Gewürzsäcke habe ich da drüben gestapelt.« Er schob eine Holzplanke bis zum Schiff und balancierte mit dem Knecht Max hinüber an Deck.

»Habt Ihr meinen schwarzen Pfeffer?«, rief Josef Steinhaus hinter ihnen her und wedelte ungeduldig mit der Hand durch die Luft. »Er ist schließlich das Wichtigste Eurer ganzen Ladung!« Er musste schnell zur Seite springen, denn Max schleppte bereits den ersten großen Gewürzsack auf dem Rücken über die Planke.

»Na, das Wichtigste ist er nicht gerade!«, widersprach Matthes. »Jetzt vor dem Jahrmarkt brauchen Köbes und ich den Wein für unsere Schänken bestimmt dringender als Ihr Euren Pfeffer!« Matthes nahm ein Fass in Empfang, stellte es auf eine Schubkarre und schob es Richtung Lagerhaus.

»Das ist ja wohl …« Josef Steinhaus wollte gerade explodieren, aber Klaus rief: »Seht her, da ist Euer Pfeffer!« Er hob einen kleinen, prall gefüllten Sack in die Höhe. »Hier, Hannes, wenn du schon hier bist, kannst du auch mit anpacken und uns helfen. Nimm du den Sack«, sagte er augenzwinkernd. »Den können auch so schmächtige Küchenjungen wie du tragen.«

Hannes grinste ein bisschen schief zurück, als er über die Planke auf das Schiff ging. Er wollte mit seinen elf Jahren nicht gerne für schmächtig gehalten werden. Außerdem war er stärker, als er aussah, denn in der Burgküche gab es genug für ihn zu schleppen. Der Sack Pfeffer reichte ihm zwar nur bis zu den Knien, aber er musste ihn doch mit beiden Armen umfassen, als er ihn vom Schiff trug.

»Sei vorsichtig damit!«, rief Josef Steinhaus vom Ufer aus. »Und stell ihn im Lagerhaus nicht in eine Pfütze!«

»Der Junge ist doch nicht auf den Kopf gefallen!«, sagte Köbes unwirsch. Fast wäre ihm vor Ärger ein Fass davongerollt. »In solchen Dingen kann man sich getrost auf Hannes verlassen!«

»Ja, ja! So habe ich es nicht gemeint!« Josef Steinhaus wiegte den Kopf hin und her. »Dem Pfeffer darf nur nichts passieren! Er ist furchtbar teuer!« Dann beobachtete er weiter aufmerksam, wie seine Gewürzsäcke ausgeladen wurden.

Als sie schließlich mit der Arbeit fertig waren, verriegelte der Gewürzkrämer das Lagerhaus höchstpersönlich. Die Stadtwache würde in der Nacht zwar darauf aufpassen, aber er wollte sichergehen. Er hatte schließlich allein für den Pfeffer ein Vermögen bezahlt.

»Ist es auch wirklich schwarzer Pfeffer?«, vergewisserte er sich bei Klaus. »Nachdem Ihr schon so spät gekommen seid, möchte ich nicht noch eine Überraschung erleben und morgen früh für mein gutes Geld billige weiße Körner im Sack finden!«

Das war das Stichwort für Schiffer Klaus. Endlich konnte er seine Geschichte erzählen.

»Ich kann das Wort Pfeffer bald nicht mehr hören!«, schimpfte er los. »Wenn Ihr Euch schon bei jemandem beschweren wollt, dann fahrt über den Fluss zu Krämer Michel. Er hat mir die Hölle heiß gemacht! Ich sollte heute mit seinem Pfeffer unbedingt zuerst zu ihm kommen!«

Klaus war also für einen einzigen Sack weißen Pfeffer hinüber gefahren. Jeder wusste, wie lange es dauerte, einen Lastkahn durch die Strömung über den Fluss zu steuern.

»Und als ich ankomme, da wird Meister Michel auch noch pampig! Will unbedingt kontrollieren, ob ich ihm auch wirklich den Sack mit dem weißen Pfeffer gebe! Murmelt was davon, dass er nicht für teuren schwarzen Pfeffer, den er gar nicht bestellt hat, den höheren Zoll bezahlen will! Aber das war ja gar nicht möglich, weil sein Pfeffer wie immer vom Großhändler Bartolomeo aus Italien kommt.«

»Aber der schwarze Pfeffer kommt doch auch von Bartolomeo!«, rief Josef Steinhaus. »Was soll dieser Unsinn?«

»Wartet nur ab«, erwiderte Klaus. »Ich zeige ihm also erst seinen Sack und dann Euren. Man erzählt sich, eins von Bartolomeos Handelsschiffen sei im Sturm gesunken. Darum hatte er selbst keinen schwarzen Pfeffer mehr und darum kommt Eure Lieferung dieses Mal von Gieronimo. Ihr kennt ja sein Zeichen: das G mit dem Krönchen auf dem Bleisiegel und auf dem Sack. Man kann es gar nicht verwechseln! Aber was macht dieser pingelige Michel? Er öffnet tatsächlich noch vor dem Zollmeister seinen Pfeffersack und sieht nach! Er misstraut mir, dem Schiffer Klaus. In meinem ganzen Leben habe ich noch nie jemanden belogen oder betrogen!«

»Nun seid doch nicht so empfindlich!«, sagte Josef Steinhaus. »Darum geht es doch gar nicht. Es ist doch sein gutes Recht nachzusehen, ob er auch die richtige Ware bekommt! Er muss schließlich dafür bezahlen!«

Aber Klaus regte sich weiter auf. »Der Michel soll doch dahin gehen, wo der Pfeffer wächst!«, schimpfte er. »Nie wieder, sage ich Euch, nie wieder fahre ich nur für einen einzigen Sack Pfeffer extra bei ihm vorbei. Darauf kann er lange warten! Das ist ja wohl die Höhe! Es ist einfach un...«

»Nun beruhige dich, Klaus«, unterbrach Köbes den Schiffer. Er klopfte ihm besänftigend auf die Schulter und fuhr mit einem Seitenblick auf Josef Steinhaus fort: »Wir vertrauen dir hier alle schon seit Jahren, das weißt du doch! Und das wird sich auch nicht ändern.«

Josef Steinhaus verstand den Wink und schaute betreten zu Boden.

»Matthes und ich könnten es uns ja auch nicht leisten, nur halb volle Fässer Wein zu bekommen, weil ein Schiffer vor der Lieferung schon mal ausgiebig probiert hat, wie er wohl schmeckt. Und das tust du eben nicht.«

»Wer so was macht, fliegt sowieso aus der Zunft der Schiffer«, sagte Klaus. »Und das ist auch richtig so.«

»Wer fliegt aus der Zunft der Schiffer?«

Ein Lichtschein fiel auf die Gruppe am Hafen. Der Alte Franz, Nachtwächter der Stadt Erlenburg, trat mit seiner Lampe auf sie zu. Sie hatten gar nicht gemerkt, wie dunkel es schon geworden war.

»Jemand, der lügt und betrügt«, antwortete Klaus.

»Ja, damit kommt man nicht weit«, stimmte der Alte Franz zu. »Aber jetzt rate ich Euch allen dringend, nach Hause zu gehen. Die Wächter haben die Tore schon geschlossen, aber für Euch ausnahmsweise die kleine Pforte da am Hafentor offen gelassen. Das geht aber nicht die ganze Nacht lang, wie Ihr wisst, sonst bekommen sie nämlich Ärger mit dem Rat der Stadt.«

»Ich bin selbst Ratsherr«, sagte Josef Steinhaus etwas von oben herab. »Und das reicht doch wohl aus, um ...«

»Richtig. Um mit gutem Beispiel voranzugehen«, erwiderte der Alte Franz schlagfertig. In seinem langen Leben als Nachtwächter hatte er schon so viel gehört und gesehen, dass er sich seine ruppige Art leisten konnte.

»Du hast Recht, Franz«, sagte Köbes. »Gehen wir nach Hause. Morgen ist auch noch ein Tag.«

»Dann gute Nacht allerseits!« Josef Steinhaus nickte den anderen zu und wandte sich mit Max und dem Alten Franz zum Hafentor.

»Gibt es bei dir noch etwas zu essen für mich, Matthes?«, fragte Klaus.

»Sicher. Aber mach dich auf was gefasst! Die meisten Gaukler sind schon angekommen und sitzen bei mir im Schankraum. Es passt ihnen gut, dass meine Schänke vor der Stadtmauer liegt. Spielleute sind nicht gerade leise.«

»Macht nichts. Dafür können sie alle möglichen

Neuigkeiten erzählen. Und wenn ich zum Schlafen auf mein Schiff gehe, dann ist da wieder Ruhe genug. Nur eines musst du mir versprechen, Matthes.«

»Und das wäre?«

»Sag heute bitte nicht mehr das Wort ›Pfeffer‹ zu mir!«

Lachend gingen beide an den Lagerhäusern vorbei zur Burgschänke.

Köbes hatte den Arm um Hannes gelegt.

»Du solltest gleich in dein Bett verschwinden«, sagte er. »Ihr bekommt in den nächsten Tagen noch genug in der Burgküche zu tun mit dem Festessen für das Kirschenfest. Das wird anstrengend für dich!«

Hannes nickte. Es tat gut, dass Köbes ihn wie einen Sohn behandelte. Er vermisste manchmal das Gefühl, dass sich jemand um ihn sorgte. Seine Mutter hatte er nie kennen gelernt, denn sie war bei seiner Geburt gestorben. Dann hatte sein Vater Johannes vor drei Jahren ganz plötzlich eine Blutvergiftung bekommen und man hatte nichts mehr für ihn tun können. Als er starb, war Hannes acht Jahre alt und sein Großvater Bertram mit seinen über fünfzig Jahren schon betagt und weißhaarig. Beide brauchten jemanden, der sich um sie kümmerte. Also hatte Bertram das Haus und die Schreinerwerkstatt dem Kloster gestiftet und sich damit bei den Benediktinern ein Altenteil erworben. Er hatte Glück gehabt, dass damals eine kleine Wohnung für ihn frei gewesen war. Das Kloster konnte Hannes als Küchenjungen an Graf Wilhelm vermitteln und seitdem lernte er in Hugos

Burgküche alles, was ein guter Koch wissen musste. Als besondere Vergünstigung brauchte Bertram noch nicht einmal Lehrgeld für ihn zu bezahlen.

»Und wenn du ein bisschen Zeit übrig hast, dann kannst du ja mit Jakob über den Jahrmarkt gehen«, fuhr Köbes fort. »Mein Schlingel von Sohn wird sich sowieso deswegen mitten im größten Trubel aus der Schänke verdrücken. Dann kann ich es auch gleich erlauben.«

Hannes grinste Köbes an, als sie durch die Pforte am Hafentor gingen. Gleich darauf wurde sie vom Wächter verschlossen.

Um die elfte Stunde in der Nacht schlief Hannes schon tief und fest auf seiner Strohmatratze in der Burgküche. Bei Matthes in der Burgschänke brannten immer noch die Talglichter. Aber draußen war nur noch der Fluss zu hören, der leise gegen die Planken des Frachtkahns plätscherte. Alles sah friedlich aus, als der Alte Franz auf seiner Runde durch die Stadt zum Hafentor kam. Er winkte dem Torwächter zu und kletterte dann schwerfällig die Treppe zum Wehrgang hinauf. Oben musste er erst einmal verschnaufen. Er schaute über den Fluss, der im Mondlicht silbrig glänzte, und hinunter auf die Lagerhäuser des Hafens. Was war das? Der Alte Franz spähte angestrengt vom Wehrgang hinunter. »Verflixtes Mondlicht!«, murmelte er.

Was versucht der Alte Franz zu erkennen?

2

Agnes hat einen Plan

Die tiefe Glocke der Stadtkirche tönte sechs Mal über den noch fast menschenleeren Marktplatz. Es war das Primläuten, zu dem die Stadttore geöffnet wurden und der Markttag begann.

Jakob lehnte in der Tür zu den »Drei Kronen« und gähnte so herzhaft, dass von seinem Gesicht kaum noch etwas zu erkennen war. Nur ein sehr weit aufgesperrter Mund und viele Fältchen um die zusammengekniffenen Augen. Er war unverkennbar Köbes' Sohn: rundlich, gutmütig und eigentlich – fast – immer hellwach.

Agnes, die Tochter des Gewürzkrämers Steinhaus, kam über den Marktplatz zu ihm herüber.

»Pass auf!«, rief sie lachend. »Sonst fliegt dir noch eine Wespe hinein!«

Erschrocken klappte Jakob den Mund zu und blinzelte Agnes verschlafen an.

»Ach du bist es!«, sagte er.

Am Abend zuvor waren die »Drei Kronen« bis zur letzten Bank besetzt gewesen und Jakob hatte noch im Schankraum helfen müssen, als sein Vater vom Hafen zurückkam. Er war erst ins Bett gekommen, als der Alte Franz bereits die zwölfte Stunde ausrief.

»Ich muss mit zum Hafen, Weinfässer durch die Tunnel karren. Und was machst du hier?« Wieder gähnte er.

»Ich komme mit«, sagte Agnes. »Ausnahmsweise muss ich heute den Zoll auf die Gewürze bezahlen, mein Vater hat keine Zeit dafür. Immer noch besser, als meiner Mutter zu helfen. Sie will, dass ich hinten im Garten Unkraut jäte. Puh!«

Agnes war ein freundliches Mädchen. Sie war so schlank wie ihr Vater, hatte aber keine so spitze Nase. Und sie konnte ihren Willen durchsetzen wie ihre Mutter Adelgunde, aber sie keifte nicht so herum.

Köbes trat aus der Schänke und schob dabei Jakob vor sich her, der noch immer in der Türe lehnte. »Aufwachen, Junge!«, lachte er. »Na, Agnes, wo sind eure Knechte? Ich dachte, sie kommen mit zum Lagerhaus!«

»Sie warten drüben bei uns!«, antwortete Agnes.

Die drei gingen über den Marktplatz zum Haus des reichen Gewürzkrämers.

Am Marktbrunnen standen die ersten Knechte und Mägde in einer Schlange und warteten schwatzend und lachend darauf, dass sie ihren Holzeimer am Seil in den Brunnen herunterlassen konnten. Dann begann die schwierigere Arbeit, den Eimer mit Wasser gefüllt wieder heraufzuziehen und beim Tragen nicht allzu viel zu verschütten. Je mehr überschwappte, desto öfter mussten sie laufen, um den Wasservorrat für den Tag nach Hause zu bringen.

Rund um den Markt wurden die Fensterläden aufgestoßen. Der Tuchhändler schräg gegenüber der Kirche klappte seinen Holzladen auf die Straße herunter und stützte ihn mit einem Balken ab. Weniger teure Stoffe konnten Käufer tagsüber hier draußen bewundern, für kostspieligere Ware mussten sie in den Laden kommen.

Zwei Häuser weiter öffnete der Silberschmied seine Ladentür. Seine silbernen Teller, Kannen und Schmuckstücke lockten zu viele Diebe an, um sie so offen draußen auf eine Auslage zu legen. Auch der Apotheker nebenan ließ seine Arzneien und Tinkturen lieber in den Regalen in seinem Geschäft.

Das Haus des Gewürzkrämers war das einzige aus Stein und überragte die anderen um ein Stockwerk. Alle anderen Gebäude um den Marktplatz herum waren älter und aus preiswerterem Fachwerk, sogar das des Silberschmieds. Dafür waren sie mit Segenssprüchen und Bildern bunt bemalt. In manche Balken waren Gesichter geschnitzt, die witzig, erstaunt oder böse auf die Straße hinunterschauten.

Max und Paul, die Knechte des Gewürzkrämers, standen schon vor der Tür.

»Ich habe heute Nacht noch die Kellertür zum Tunnel aufgeriegelt«, sagte Köbes zu den beiden. »Ist eure auch auf?«

Max nickte.

»Dann können wir ja gehen. Der Zollmeister wartet nicht gerne!«

Als die fünf am Hafen ankamen, war Klaus mit seinem Frachtkahn schon weitergefahren. Die Tür des Lagerhauses stand offen. Der Zollmeister stand in seiner roten Amtstracht im Eingang und zählte die letzten Fässer.

»War Matthes von der Burgschänke schon hier?«, fragte Köbes erstaunt. »Seine Fässer sind ja fort!«

»Ja«, antwortete der Zollmeister. »Er hat sich mit mir schon vor dem Primläuten verabredet, denn er hat Gäste in seiner Schänke. Recht lärmende Gäste, wenn ich das sagen darf.«

»Das ist richtig«, lachte Köbes, »die Gaukler wohnen bei ihm. Können wir unsere Waren jetzt mitnehmen?«

»Natürlich«, sagte der Zollmeister. »Ich bekomme sieben Erlenburger Groschen für den Wein und von dir, Agnes, sechsundzwanzig Groschen für die Gewürze deines Vaters.«

Als Agnes und Köbes den Zoll für die Waren bezahlt hatten, sagte der Zollmeister: »Jetzt könnt ihr sie haben!« Er verschloss seine eiserne Geldschatulle, nickte ihnen zu und ging zurück zum Zollhaus im Hafenturm.

»Tja, dann mal los«, rief Köbes.

»Schade, dass Matthes schon da war«, sagte Jakob zu Agnes. »Ich dachte, Hannes hilft ihm vielleicht, wie er das sonst manchmal tut, und wir könnten uns für den Jahrmarkt verabreden.«

»Hannes hat bestimmt viel zu tun«, antwortete Agnes, »und Hugo lässt ihn mit Sicherheit nicht weg.«

Max und Paul warteten inzwischen darauf, dass Köbes das Tor zu den unterirdischen Gängen aufschloss. Quietschend drehte es sich in den Angeln. Dann ging der Wirt mit Jakob ins Lagerhaus und kurz darauf schoben sie die Karre mit den ersten Fässern in den Tunnel. Max und Paul folgten ihnen mit einem Stapel Gewürzsäcke. Agnes durfte die Fackel tragen, um den stockfinsteren Tunnel zu beleuchten. Eine ganze Stunde schufteten sie, brachten Fässer und Säcke in die Keller, bis das Lagerhaus schließlich leer war.

Max und Paul waren schon längst wieder beim Gewürzkrämer, als Köbes endlich schnaufte: »Das war's!« Er verriegelte das Lagerhaus, schob das letzte Fass in den Tunnel und gab seinem Sohn den Schlüssel für das Tor. Jakob verschloss den Tunneleingang von innen, steckte den Schlüssel in den Beutel an seinem Gürtel und trottete hinter Agnes und dem Wirt her. Als sie an der Kellertür des Gewürzkrämers ankamen, hörten sie eine wütende Stimme.

»Warum regt sich Vater so auf?«, fragte Agnes. Sie gab Jakob die Fackel und flitzte in ihren Keller und die Stiege hinauf.

»Kann ich mal nachsehen, was los ist?«, fragte Jakob seinen Vater. »Vielleicht braucht Agnes Hilfe.«

»Nein, nein, du bleibst hier!« Köbes hielt seinen Sohn am Hemd fest. »Deine Mutter braucht dich im Brauhaus. Agnes kommt schon von selbst und erzählt, was passiert ist.«

Da war nichts zu machen. Widerstrebend folgte Jakob seinem Vater.

Oben im Flur seines Hauses stand der Gewürzkrämer vor seinen beiden Knechten und schimpfte.

»Was? Verloren? Zum Donnerwetter! Das ist ja wohl ...! Auf der Stelle geht ihr zum Hafen zurück und sucht!«

Kleinlaut verschwanden Max und Paul durch die Haustür. Agnes schaute ihren Vater fragend an. In diesem Moment kam Adelgunde Steinhaus in den Flur gerauscht und keifte los: »Ich hab es ja immer gesagt!«

Sie trug ein vornehm raschelndes Kleid, für das viel Stoff gebraucht worden war. Sie war nicht gerade schlank. Und es war sehr teurer Stoff, denn sie zeigte gern ihren Reichtum. Normalerweise benahm sie sich auch sehr geziert, aber wenn ihr etwas nicht passte, dann sagte sie es. Und das sehr laut.

»Ich hab es ja immer gesagt! Irgendwann verlierst du noch mal ein Vermögen vor lauter Dummheit! Wie konntest du diesen Knechten vertrauen? Taugenichtse, alle beide. Nichtsnutze! Faulenzer!« Ihr Doppelkinn zitterte vor Empörung. Agnes verkniff sich ein Lachen.

»Adelgunde, bitte! Nicht so laut!« Josef Steinhaus versuchte, seine Frau zu besänftigen. »Du weißt genau, dass die beiden schon lange für mich arbeiten und ich ihnen vertrauen kann!«

»Pah!«, machte Adelgunde.

Es dauert nicht lange, da kamen Max und Paul außer Atem durch die Tür gepoltert und berichteten, dass das Lagerhaus völlig leer sei. Der Pfeffersack sei nirgends zu finden.

Bestürzt begriff Agnes: Der Pfeffer war weg!

»Diebe!«, keifte Adelgunde. »Ich hab es ja ...«

»Habt ihr auch wirklich überall nachgesehen?«, unterbrach der Gewürzkrämer seine Frau.

»Ja, haben wir«, erklärte Paul etwas umständlich. »Der Sack ist weg. Er ist nicht im Hafen, weder im Lagerhaus noch davor. Aber wir konnten nicht ...«

»Diebe!«, unterbrach Adelgunde ihn schimpfend. »Räuberpack! Agnes! Agnes, komm sofort her! Wo ist dieses Kind?«

Agnes stand direkt hinter ihrer Mutter.

»Hier bin ich!«, sagte sie.

Adelgunde wirbelte herum. »Aha. Du gehst jetzt sofort einen Stadtknecht holen. Wollen doch mal sehen, ob wir die Diebe nicht fassen!« Adelgunde blitzte Max und Paul zornig an.

Josef Steinhaus warf einen Blick auf seine beiden erschrockenen Knechte und schüttelte den Kopf. Dann sagte er zu Agnes: »Ja, bitte, tu das! Wir müssen den Sack einfach finden! Ich verliere sonst ein Vermögen! Wie soll ich die Bestellungen einhalten? Allen voran die für die Burgküche?«

Agnes lief besorgt aus dem dunklen Flur nach draußen in den strahlenden Sonnenschein.

Auf dem Marktplatz herrschte inzwischen ein ziemliches Gedränge. An den Marktständen standen die ersten Käufer. Ein Quacksalber pries lautstark Salben, Pillen, getrocknete Krötenaugen gegen Kurzsichtigkeit und Pfeffermilch gegen Halsschmerzen an. Hühner gackerten in großen Körben, Schweine wühlten auf dem Lehmboden nach Abfall und Hunde liefen herum.

Vor dem Haus des Silberschmieds entdeckte Agnes einen Stadtknecht. Er sah nicht besonders freundlich aus, aber sie versuchte trotzdem ihr Glück.

»Ich kann hier nicht weg«, wimmelte er sie ab. »Ich muss den Silberschmied vor Dieben schützen. Du siehst doch selbst, was hier los ist.«

Als er aber hörte, dass der reiche Gewürzkrämer ihn dringend brauchte, willigte er schließlich knurrend ein.

Agnes fand ihre Eltern im Kontor hinter dem Gewürzladen. Adelgunde keifte nicht mehr. Josef Steinhaus saß an seinem Kontortisch und hatte die Hände vor sein Gesicht geschlagen.

»So viel Geld!«, murmelte er. »Einfach weg! Was mach ich jetzt nur?«

Adelgunde kniff die Lippen zusammen und schaute grimmig auf ihren Mann.

Der Stadtknecht ließ sich berichten, was geschehen war, und zuckte dann die Schultern.

»Wie soll ich bei den vielen Fremden in der Stadt euren Dieb finden?«, fragte er. »Bei dem Gewimmel? In drei Tagen nach dem Jahrmarkt ist es besser. Bis dahin ist der Sack ja vielleicht auch wieder aufgetaucht.«

»Wann hast du denn den Pfeffer eigentlich zuletzt gesehen?«, fragte Agnes ihren Vater. Neugierig wie sie war, purzelte die Frage wie von selbst aus ihrem Mund. Aber dann hätte sie sich am liebsten auf die Zunge gebissen!

»Hannes hat ihn ins Lagerhaus getragen«, antwortete

ihr Vater. »Ich habe ihm noch gesagt, er soll vorsichtig damit sein, weil er so teuer ist. Das war das letzte Mal.«

»Was, dieses Früchtchen?«, schimpfte Adelgunde los.

»Hannes ist kein ...«, wollte Agnes ihren Freund verteidigen, aber ihre Mutter keifte schon weiter. »Dann ist dieser kleine Taugenichts bestimmt der Dieb! Was kann man schon von einem Kind erwarten, das ohne Eltern aufwächst? Keine Erziehung, weiß nicht, was Recht und was Unrecht ist. Glaub mir, Josef, dieser Bengel ist der Dieb. Du hättest ihm nicht sagen dürfen, wie teuer der Pfeffer ist.«

»Das ist doch alles Unsinn!«, sagte ihr Mann entrüstet.

Aber der Stadtknecht war hellhörig geworden. »Ist das möglich?«, fragte er den Gewürzkrämer. »Kann es dieser Hannes gewesen sein?«

Josef Steinhaus schüttelte den Kopf. »Nein!«, sagte er bestimmt.

Agnes kochte vor Zorn. »Niemals!«, rief sie. »Hannes war es bestimmt nicht!«

»Ach, was weißt du schon?« Adelgunde funkelte ihre Tochter an. »Du hältst ja immer zu deinen Freunden. Hör nicht auf sie, Josef. Lass den Burschen in den Turm bringen, bis er die Wahrheit sagt.«

Josef Steinhaus schüttelte wieder den Kopf. »Nein, nein, das wird nicht nötig sein«, sagte er energisch. »Hannes ist bestimmt kein Dieb.«

Der Stadtknecht wurde unruhig.

»Entschuldigt, Meister Steinhaus«, sagte er. »Aber ich muss zurück zum Silberschmied. Wir können ja in drei

Tagen noch einmal darüber reden, wenn die Fremden wieder aus der Stadt sind. Inzwischen könnt Ihr Euch vielleicht um diesen Hannes kümmern und ihn befragen.« Damit verabschiedete er sich und Adelgunde begleitete ihn hinaus. Dabei wiederholte sie lautstark ihren Verdacht gegen Hannes.

»Hannes ist kein Dieb!«, sagte Agnes, als sie mit ihrem Vater allein war. »Aber der Stadtknecht wird Mutters Verdacht bestimmt in der Stadt herumerzählen. Wir müssen was dagegen tun.«

»Was willst du denn schon ausrichten?«, fragte Josef Steinhaus müde.

»Ich will den Sack finden!«, sagte seine Tochter energisch. »Vielleicht ist er ja nur verloren gegangen. Dann kann ich beweisen, dass Hannes unschuldig ist. Jakob wird mir bestimmt dabei helfen. Und Kinder fallen nicht so auf«, fügte sie hinzu, »wenn sie überall ein bisschen herumsuchen.«

Agnes stand entschlossen vor ihrem Vater. Der musste trotz aller Sorgen lächeln. »Du kannst es versuchen, Kind. Es wäre eine große Erleichterung, wenn der Sack wieder auftaucht. Übrigens kommt er diesmal von Gieronimo. Du kennst ja sein Zeichen, das G mit dem Krönchen.«

»Ja, das kenne ich!«, sagte Agnes. »Und ... aber ...«

»Ja, ja, ich weiß. Deine Mutter übernehme ich.«

Sie sahen sich an wie zwei Verschwörer und dann lief Agnes schnurstracks zu Jakob. Sie wusste genau, wo sie mit der Suche beginnen wollte.

21
20
19
23
22
6
5
3
4
24
25

O
S
N
W
DER RHEIN

Wo in der Stadt will Agnes den Pfeffersack suchen?

1 Marktplatz
2 Kirche
3 Marktbrunnen
4 Rathaus
5 lange Gasse
6 Marktschänke »Drei Kronen«
7 Mauersteig
8 Haus des Gewürzkrämers
9 Burggasse
10 Hafentor
11 Hafen
12 Eingang zum Tunnel
13 Lagerhäuser
14 Burgschänke
15 Burg
16 Burgküche
17 Haus des Nachtwächters
18 Eckturm
19 Toreiche
20 Kloster
21 Hospital
22 Pilgerhaus
23 Klosterpforte
24 Mühle
25 Stadtgraben

3

Unter der Stadt

Als Agnes bei den »Drei Kronen« ankam, fand sie Jakob hinter dem Haus, wo Jakobs Mutter Hilda ihren Kräuter- und Gemüsegarten hatte. Er war mit einem niedrigen Zaun aus geflochtenen Zweigen vom Rest des langen, schmalen Grundstücks getrennt. Am Ende des Hofs befanden sich der Brunnen der Schänke und das Brauhaus. Hilda braute Altbier nach eigenem Rezept, das berühmt in der ganzen Stadt war. Außerdem lebten hier im Hof und in einem Bretterverschlag ein paar Hühner und Emma, das Schwein. Emma hatte im Frühjahr neun Ferkel geworfen. Seitdem passte die ganze Familie auf, dass sie nicht einfach – wie sie es sonst immer tat – durch das Hoftor auf die Straße hinauslief. Ihre Ferkel wären ihr bestimmt gefolgt, hätten sich unweigerlich in den Gassen verirrt und wären bei irgendjemand im Topf gelandet. Köbes wollte seine »Schweinezucht«, wie er Emmas Ferkel stolz nannte, noch ein bisschen größer werden lassen und dann auf dem Viehmarkt verkaufen. Sie brachten bestimmt einen guten Preis.

Jakob saß auf einem Schemel in der Sonne und lehnte mit dem Rücken an der Hauswand. Auf seinen Knien hielt er mit der einen Hand einen Topf voller Kräuter fest, die andere lag über dem Topfrand und umklammerte ein Messer. Jakob schlief fest.

»Jakob?«, rief Agnes. »Wach auf, Schlafmütze!«

Jakob fuhr erschrocken zusammen und der Topf polterte auf den Boden. Die Hühner stoben laut gackernd auseinander und ein neugieriges Ferkel rannte schnell zurück zu Emma.

»Mist!«, sagte Jakob und sprang auf. »Jetzt kann ich alles wieder aufsammeln.«

Er bückte sich, klaubte die verstreuten Majoran- und Thymianstängel vom Boden und stopfte sie zurück in den Topf. Dann drehte er sich um. Erst jetzt entdeckte er Agnes, die in der offenen Küchentür stand. Sofort war er hellwach.

»Was war denn bei euch los?«, fragte er neugierig.

»Deshalb komme ich zu dir«, sagte Agnes. »Wir müssen etwas unternehmen. Und zwar schnell.« Sie erzählte ihrem Freund, was passiert war. »Das können wir doch nicht auf Hannes sitzen lassen! Unmöglich!«

»Nein!« Jakob schüttelte heftig den Kopf. »Stell dir vor, die ganze Stadt glaubt, er wäre ein Dieb!«

»Dann wäre er in großer Gefahr!«, sagte Agnes. »Die fackeln nicht lange, wenn sie einen verdächtigen. Wir müssen jetzt den Pfeffersack finden. Vielleicht ist er nur verloren gegangen und liegt irgendwo herum.«

»Aber wo soll er denn sein?«, fragte Jakob.

»Denk doch mal nach. Max und Paul haben die Straßen und den Hafen abgesucht ...«

»Ja und?«

»Was bleibt dann noch übrig?«

»Nur der Tunnel.«

»Richtig! Da konnten sie nicht rein, denn den hast du ja abgeschlossen. Und genau da gehen wir jetzt hin.«

Zuerst brachte Jakob den Kräutertopf in die Küche. Die alte Magd Lisa lächelte den Kindern zu, als die beiden auf dem Weg zum Marktplatz weiter in den Schankraum liefen. Nur Köbes und ein Fremder saßen sich an einem Tisch gegenüber und unterhielten sich lachend. Köbes drehte den Kindern den Rücken zu und war glücklicherweise abgelenkt.

»Schnell«, wisperte Jakob und rannte mit Agnes zur Tür hinaus und über den Marktplatz in Richtung Hafen.

Auf halbem Weg kam ihnen Hannes durch die Burggasse entgegen. Er sollte für die Burgküche Früchte auf dem Markt kaufen. Aber als er hörte, was Agnes und Jakob ihm berichteten, wurde er blass.

»Aber ich habe den Sack doch nur ins Lagerhaus getragen. Sonst nichts. Ich schwöre es!«, beteuerte er.

»Das brauchst du uns nicht zu erzählen!«, sagte Jakob.

»Was meinst du, warum wir hier sind?«, fragte Agnes. »Wir gehen jetzt den Sack suchen. Komm mit.«

Hannes zögerte. Hugo erwartete ihn mit den Früchten in der Burgküche und würde einen Wutanfall bekommen, wenn er nicht auftauchte. Aber wenn er in die Küche zurückging und Hugo hatte schon etwas von dem

Diebstahl und dem Verdacht gegen Hannes gehört, würde er erst recht toben. Es half nichts. Er musste etwas gegen diese schreckliche Verdächtigung unternehmen. Hannes entschied sich dafür, mit den anderen zum Hafen zu gehen.

Als sie im Hafen auf das Tor zum Tunnel zuliefen, blieb Agnes plötzlich stehen und schlug sich an die Stirn.

»Jetzt geht's mir wie Paul!«, rief sie. »Ich habe keinen Schlüssel!«

»Aber ich!«, grinste Jakob und fischte den Schlüssel aus dem Beutel, den er immer an seinem Gürtel trug. Er hatte ihn am Morgen hineingesteckt, als er mit seinem Vater das letzte Fass in den Keller gebracht hatte, und dann eigentlich vergessen. Jetzt genoss er es, dass Agnes ihm anerkennend auf die Schulter klopfte. Sie nahmen eine Fackel am Eingang und entzündeten sie mit Feuerstein und Feuereisen.

»He, was macht ihr da?« Ein Stadtwächter kam mit großen Schritten zu ihnen herüber.

Agnes drehte sich um und sagte: »Ich bin die Tochter von Meister Steinhaus. Er hat uns geschickt, damit wir im Tunnel nach etwas suchen, das er verloren hat.«

»Ach, den Pfeffersack? Ich habe schon davon gehört. Aber macht keinen Unsinn mit der Fackel!«, schnaubte der Stadtwächter, warf Hannes einen scharfen Blick zu und ging davon.

Das war noch einmal gut gegangen. Aber offensichtlich wusste der Stadtwächter schon etwas von dem Verdacht gegen Hannes. Gerüchte verbreiteten sich wie ein Lauffeuer in Erlenburg – je schneller sie die Sache aufklären konnten, desto besser.

Sie marschierten in den Tunnel und Agnes leuchtete mit der Fackel den Boden ab. Sie entdeckten weghuschende Ratten, feuchte Steine und morsche Holzstücke, aber keinen Pfeffersack.

Unter anderen Umständen hätte Hannes sich gefreut, dass er nun doch noch in den Tunnel kam. Aber so lastete die ungerechte Anschuldigung schwer auf ihm. Wenn sie jetzt doch nur einfach den Sack finden würden und alles wäre in Ordnung!

An der Gabelung zu den Kellern von Köbes und Josef Steinhaus sahen sie ihn! Einen Sack! Endlich hatten sie ihn gefunden! Aber es war leider kein Pfeffersack, was Jakob hochhob, sondern ein nasses Reisebündel, das irgendjemand hier verloren haben musste. Es lag in einer Vertiefung an der grob behauenen Wand und fiel eigentlich nicht auf. Seltsam! Wie kam ein Reisebündel in den Tunnel?

»Kommt, wir untersuchen das Bündel bei mir im Zimmer«, sagte Agnes. »Dann müssen wir nicht zurück. Unsere Kellertür müsste noch offen sein. Bei der Aufregung heute Morgen habe ich vergessen, sie zu verriegeln.«

Sie zündeten ein Talglicht in einer kleinen Laterne an, löschten die Fackel in einer Kanne voll Wasser, die neben der Kellertür stand, und steckten sie in den eisernen Halter darüber. Ganz leise, damit niemand im Haus sie hörte und schon gar nicht Adelgunde, schlichen sie die Stiege zum Flur und dann weiter die Treppe zu Agnes' Zimmer hinauf. Die Zimmertür knarrte, aber Agnes hob sie ein bisschen an und sie bewegte sich geräuschlos in den Angeln.

Hannes sah sich staunend um. Agnes hatte tatsächlich ein eigenes Zimmer! Er war noch nie hier gewesen. Er hatte ja nie viel Zeit und traf seine Freunde sonst meistens draußen. Das Zimmer war klein, aber es war mit allem eingerichtet, was man brauchte. Es gab eine Kleidertruhe, ein Kohlebecken zum Heizen für den Winter, ein richtiges Bettgestell mit einer Strohmatratze und sogar ein kleines Hornfenster, durch das das Licht bräunlich-gelb ins Zimmer fiel. An der getünchten Wand hing ein gestickter Wandbehang mit Adam und Eva im Paradiesgarten. Die Schlange ringelte sich den Baum hinunter und grinste hämisch, weil sie die beiden Menschen hereingelegt hatte.

Wenigstens sah es für Hannes auch auf den Bildern in der Kirche immer so aus, als würde die Schlange hämisch grinsen. Jedes Mal, wenn er in einen Apfel biss, musste er daran denken.

Während Hannes versonnen dastand, schimpfte Jakob los:

»Viel zu dunkel hier! Wie soll man denn da was sehen?«

Agnes schob die Truhe unter das Fenster und öffnete es. Sofort wurde es hell im Zimmer. Jakob legte das Bündel auf die Truhe und zog es auf.

»Getrocknete Kräuter!«, rief Hannes. »Wenigstens waren sie mal trocken. Der Sack ist ja klatschnass!«

»Die Kräuter wiegen doch fast nichts!«, sagte Jakob. »Das Bündel ist aber ziemlich schwer.«

Agnes steckte die Hand unter die Kräuter und holte ein Steintöpfchen heraus, das mit einem Stück Tuch verschlossen war. Hannes roch daran.

»Kampfersalbe. Gut für Herz und Lungen und zum Einreiben, wenn man Schnupfen hat.«

Agnes starrte ihn verblüfft an. »Woher weißt du das?«, fragte sie. »Willst du Arzt werden?«

»Nein«, sagte Hannes. »Mein Großvater hat sie im Winter vom Krankenbruder im Kloster bekommen. Sie half tatsächlich. Und sie beißt in der Nase. Riech mal!«

»Iihh, geh weg damit!«, quiekte Agnes und hielt sich die Nase zu.

Jakob verteilte den übrigen Inhalt des Reisebündels auf der Truhe, aber außer den Kräutern und noch ein paar weiteren Salbentöpfchen mit dem gleichen nassen Stoffverschluss war nichts darin. Noch nicht einmal ein einziges winzig kleines schwarzes Pfefferkorn.

»Nichts«, sagte Jakob.

»Dann war alles umsonst«, sagte Hannes und sank mutlos in sich zusammen.

»Nein, nein«, widersprach Agnes. »Denk doch mal nach! Der Pfeffersack ist nirgends zu finden. Max, Paul und wir haben alle Stellen abgesucht, wo er hätte liegen müssen, wenn er verloren gegangen wäre.«

»Na und?«

»Also wissen wir jetzt, dass er gestohlen worden sein muss. Jetzt müssen wir nur noch den Dieb finden!«

»Nur noch!«, sagte Hannes bitter. »Als ob das so einfach wäre. Und wenn der Verdacht an mir hängen bleibt, muss ich an den Pranger oder – noch schlimmer – in den Turm! Und wenn sie alle meinen, dass ich es war, dann hacken sie mir auch noch eine Hand ab! Das machen sie doch mit Dieben.«

Es war ganz still im Zimmer. Hannes schaute aus dem Fenster und zwinkerte ein paar Tränen weg. Er sah plötzlich klein und verloren aus. Irgendwie geschrumpft. Agnes und Jakob sahen sich an. Sie würden alles tun, damit Hannes wieder lachen konnte.

»Warum klaut jemand Pfeffer?«, fragte Hannes plötzlich in die Stille.

»Er ist so teuer, dass man ihn sogar in einzelnen Körnern zu einem hohen Preis weiterverkaufen kann.« Agnes zuckte die Schultern. »Man wird damit steinreich.« Als Tochter eines Gewürzhändlers wusste sie das natürlich.

»Hier bei uns kann der Dieb ihn aber nicht verkaufen«, warf Jakob ein. »Das wäre zu auffällig.«

»Vielleicht will er das ja auch gar nicht. Vielleicht ist er ja gar nicht von hier!«, sagte Hannes.

»Er ist ein Fremder«, überlegte Jakob. »Und er hat nicht gemerkt, dass er sein Reisebündel verloren hat, weil er den Pfeffersack tragen musste.«

»Aber wie soll ein Fremder denn in unsere Tunnel kommen?«, fragte Agnes.

»Und wie sollen wir ihn im Jahrmarktsgewimmel bloß finden?«, fügte Jakob hinzu.

»Die Frage ist ja«, sagte Hannes nachdenklich, »wen wir suchen müssen.«

Die Kinder sahen sich fragend an.

Wer könnte mit einem solchen Reisebündel zum Jahrmarkt kommen?

4

Ein Fremder in den »Drei Kronen«

Kurze Zeit später waren Jakob, Agnes und Hannes wieder auf dem Marktplatz. Jakob hatte versprochen, ein Fass hausgebrautes Bier zur Klosterschänke zu bringen. Agnes begleitete ihn, denn sie hatte wenig Lust, sich zu Hause das Gezänk ihrer Mutter anzuhören. Hannes blieb auch bei ihnen. Hugos Zorn war ihm sowieso schon sicher und in der Burgküche hätte er bestimmt vor lauter Anspannung auch noch alles falsch gemacht. Er musste jetzt einfach diesen verflixten Pfeffersack finden – oder den Dieb.

Mühsam bahnten sie sich einen Weg durch die Menge. Eine große Gruppe Jakobspilger mit breitrandigen Hüten und weiten Umhängen kam aus der Kirche. Sie wohnten im Gästehaus des Klosters auf der anderen Seite der Stadt und waren auf der Durchreise in den Norden Spaniens zum Grab des Heiligen Jakobus in Santiago de Compostela. Alle trugen große Jakobsmuscheln als Pilgerzeichen am Hut und hatten einen Pilgerstab und ein Reisebündel dabei.

Als die Pilger beim Marktbrunnen vorbeigingen, brandete dort gerade tosender Beifall für einen Gaukler auf. Er zeigte eine Serie Saltos und Überschläge, die dem Publikum schier den Atem raubte – konnte er fliegen? Ein Jongleur ließ die unglaubliche Zahl von sieben Bällen durch die Luft kreisen. Und am Rathaus kletterte einer der Gaukler hoch und befestigte schon ein Ende des dicken Seils, über das später ein Seiltänzer vom Rathaus bis zum Kirchturm laufen wollte.

Plötzlich kam vom Stand des Barbiers ein schrecklicher Schrei, der den Marktlärm noch übertönte und allen durch Mark und Bein ging. Die Vorübergehenden blieben erschrocken stehen und sahen das erleichterte Gesicht des Mannes auf dem Barbierstuhl. Er war endlich seinen schlimmen Zahn losgeworden, den der Barbier mit der Zange hochhielt und allen zeigte. Einige lachten, andere wichen zurück, aber viele traten an den Stand des Barbiers, auf dem er Heilkräuter und Salben ausgelegt hatte, und kauften sich kleine Leinensäckchen mit Pulver aus gebranntem Hirschhorn, gemahlenem weißen Marmor und Heilwurzeln. Sie würden sich damit regelmäßig die Zähne abreiben, damit eine solche Behandlung bei ihnen nicht nötig werden würde!

Als die Kinder schließlich in die Schänke kamen, saß Köbes immer noch mit dem Fremden am Tisch. Der Mann hatte schüttere dunkelblonde Haare und ein hageres Gesicht. Ein Bein mit einem verbundenen Fuß hatte er auf die Bank neben seinen breiten Hut und seinen Pilgerstab gelegt. Erst jetzt sah Jakob, dass er auch einen Pilgerumhang trug.

»Kommt her!«, rief Köbes. »Ich will euch einen alten Freund vorstellen. Das ist Benedikt, mit dem ich früher in eurem Alter genauso herumgezogen bin wir ihr jetzt. Was haben wir alles angestellt!« Er zwinkerte Benedikt zu. »Aber das erzählen wir besser nicht, was? Ja, Benedikt, und das ist Jakob, mein Ältester, mit seinen Freunden Agnes und Hannes.«

Die Kinder begrüßten Benedikt und musterten neugierig sein Bein.

»Umgeknickt«, erklärte Benedikt und rieb mit der Hand über den Fuß. Er hatte eine etwas näselnde Stimme und blickte sie aus kleinen, schlauen Augen an. »Nicht weiter schlimm.«

»Ja, er erholt sich hier ein bisschen«, erklärte Köbes den Kindern, »denn ein hinkender Pilger kommt nicht weit.«

»Du sagst es«, seufzte Benedikt. »Ich war so froh, als heute Morgen beim Primläuten die Stadttore endlich geöffnet wurden und ich mit den anderen Pilgern im Kloster ankam. Aber trotz allem bin ich gleich hergehumpelt, weil ich dich unbedingt nach so vielen Jahren wiedersehen wollte.«

»Darüber freue ich mich auch!«, sagte Köbes lächelnd. »Aber ich hätte dich beinahe nicht wiedererkannt. Seit wann bist du eigentlich aus Erlenburg fort?«

»Seit fast zwanzig Jahren!«, erwiderte Benedikt. »Weißt du nicht mehr? Meine Eltern sind doch damals bei dem Brand in unserer Schmiede gestorben, als ich fünfzehn war. Ich hatte niemanden mehr hier in Erlenburg. Da habe ich versucht, mein Glück woanders zu machen.«

In diesem Moment kam Hilda mit ihrer kleinen Tochter Elsbeth auf dem Arm aus dem Flur herein. Jakobs jüngerer Bruder Peter lief hinter ihr her.

»Na«, fragte sie, »ist die Überraschung gelungen?«

»Und wie!«, rief Köbes. »Stell dir vor! Nach so vielen Jahren sitzt er einfach im Schankraum, als ich heute Morgen vom Hafen zurückkomme!«

»Ich weiß«, sagte Hilda. »Er hat mich genauso überrascht. Er saß schon da, als ihr gerade zum Hafen gegangen wart.«

Peter sah den Fremden neugierig an. Dann fragte er: »Schenkst du mir deine Muschel? Alle Pilger haben eine Muschel am Hut.«

Benedikt lachte. »Tut mir leid«, antwortete er. »Ich habe meine verloren. Aber wenn ich noch einmal vorbeikomme, dann denke ich an eine Muschel für dich.«

Das war für Peter wenigstens ein kleiner Trost. Er drehte sich um und kletterte seinem Vater auf den Schoß. »Heute Nacht bin ich aufgewacht«, sagte er vorwurfsvoll zu ihm. »Da war es ganz dunkel. Da hat ein Teufel im Keller gespukt und ich hab Angst gehabt.«

»Was?«, fragte Köbes. »Ein Teufel? Woher willst du das wissen?«

»Weiß ich eben.«

»Nein, nein«, lachte Köbes und hob seinen Sohn wieder auf den Boden. »Du musst keine Angst haben. In unserem Haus gibt es keine Teufel. Bei uns wohnen so viele nette Menschen, da weiß ein Teufel gar nicht, was er hier soll. Im Keller sind ein paar Kisten umgefallen. Bestimmt hast du das gehört.«

Peter seufzte erleichtert, warf Benedikt noch einen Blick zu und verschwand dann mit Hilda und Elsbeth in der Küche.

»Denkst du an das Fass Bier für das Kloster, Jakob?«, fragte Köbes und stand auf, um sich um die ersten Gäste zu kümmern, die in den Schankraum drängten. »Es steht schon im Hof neben der Schubkarre. Du kannst die Karre gleich dalassen. Damit holen wir dann später das leere Fass wieder ab.«

Jakob gab den anderen ein Zeichen, sie sollten schon mal hinausgehen, und verschwand über den Flur hinter das Haus. Kurz darauf öffnete sich das große Tor zum Hof und Jakob kam mit dem Bierfass auf der Schubkarre heraus. Er scheuchte ein paar von Emmas Ferkeln zurück und machte das Tor hinter sich zu.

»Kommt ihr mit zum Kloster?«

»Aber sicher!«, sagte Agnes. Hannes und sie bogen mit Jakob in die Lange Gasse zum Kloster ein.

»Komischer Kerl, dieser Benedikt«, sagte Jakob plötzlich. »Habt ihr auch gesehen, dass sein Umhang ganz nass war? Und seine Beinlinge auch?«

»Ist mir auch aufgefallen«, sagte Hannes. »Bei dem schönen Wetter! Es hat doch tagelang nicht geregnet!«

»Genau wie ...«, fing Agnes an. Ihre Augen blitzten auf.

»Stimmt«, unterbrach Jakob sie. »Genauso nass wie

das Bündel. Und wenn dieses Bündel ihm gehört, dann sagt er nicht die Wahrheit.«

»Wieso nicht?«, fragte Hannes verwirrt.

»Weil das Bündel im Tunnel gelegen hat und er unmöglich zur gleichen Zeit wie wir heute Morgen im Tunnel gewesen sein kann. Wir sind doch dauernd hin- und hergelaufen. Wir hätten ihn doch da gesehen.«

»Ja«, nickte Agnes. »Und außerdem hat deine Mutter gesagt, er hätte schon in der Schänke gesessen, kurz nachdem wir heute Morgen zum Hafen aufgebrochen sind. Als die Stadttore gerade geöffnet wurden!«

»Dann muss er also in Wirklichkeit schon vor dem Primläuten in der Stadt gewesen sein«, überlegte Jakob. »Oder noch vor uns im Tunnel. Er hätte es mit seinem Fuß niemals so schnell vom Stadttor bis zu uns schaffen können. Er lügt.«

»Vielleicht war er ja sogar am Hafen?«, fragte Hannes hoffnungsvoll. »Vielleicht ist er ja der fremde Dieb!«

»Wer weiß?«, sagte Agnes. »Wir behalten ihn auf jeden Fall im Auge. So ganz geheuer ist er zumindest nicht. Ich frage mich sowieso, wie er in den Tunnel gekommen sein kann.«

Mittlerweile standen sie vor der Mauer, die das Kloster von der Stadt trennte, und klopften an die Pforte.

Bruder Bernhard, der Klosterpförtner, öffnete und rief: »Ah, Hannes! Du willst bestimmt zu deinem Großvater. Und da ist auch Jakob mit dem Bier. Da wird sich unser Gästepfleger aber freuen! Und die Gäste erst!«

Jakob schob die Schubkarre durch die Pforte. Während er das Bier zum Gästehaus hinüberfuhr, lud Bruder Bernhard Agnes und Hannes in sein Haus gleich neben der Pforte ein. Außer einem Pförtnerraum gab es auch noch seine Zelle, in der er betete und schlief.

»Setzt euch doch«, sagte er. »Hier ist wenigstens ein bisschen Schatten! Möchtet ihr einen Becher Milch?«

»Ja gerne!« Agnes und Hannes nickten erfreut.

Die kühle Milch aus dem Steinkrug tat gut nach der Julihitze draußen. Während sich die Kinder die Erfrischung schmecken ließen, setzte sich Bruder Bernhard ächzend zu ihnen an den Tisch und wischte sich mit einem großen Tuch über das Gesicht. Es war einfach zu heiß!

»Gibt es viel zu tun?«, fragte Hannes mitleidig.

»Das ist gar kein Ausdruck, mein lieber Junge!«, seufzte Bruder Bernhard. »Seit heute Morgen geht es hier zu wie im Taubenschlag. Dieses Jahr sind besonders viele Pilger gekommen.«

Agnes blickte über den Becherrand zu Hannes herüber. Ob der Pförtner den hinkenden Pilger aus den »Drei Kronen« kannte? Aber auf Hannes' Frage schüttelte Bruder Bernhard den Kopf.

»Nein«, sagte er. »Von denen, die heute Morgen an mir vorbeigegangen sind, hat keiner gehinkt oder über Schmerzen geklagt. Ich hätte ihn sonst auch sofort zum Krankenbruder geschickt. Nein, nein, da war keiner dabei. Warum wollt ihr das wissen?«

»Ach, weil bei Jakobs Vater in der Schänke ein Pilger mit einem verletzten Fuß sitzt«, erklärte Hannes, »und er sagt, er würde hier wohnen.« Er schaute Agnes viel sagend an.

»So? Na, dann habe ich ihn vielleicht doch nur nicht bemerkt«, überlegte Bruder Bernhard, »obwohl ich eigentlich die ganze Zeit hier war. Wie heißt er denn? Ich kann mich im Gästehaus ja mal erkundigen.«

»Er heißt Benedikt«, sagte Agnes eifrig.

»Das kann ich mir merken. So heißt auch unser Ordensgründer«, lachte Bruder Bernhard. »Ah, da kommt Jakob ja schon zurück.«

Während Jakob seinen Becher Milch trank, fragte Bruder Bernhard: »Willst du nicht noch bei deinem Großvater vorbeigehen, Hannes?«

»Nein, morgen erst«, antwortete Hannes. Graf Wilhelm hatte ihm erlaubt, seinem Großvater regelmäßig Essen aus der Burgküche ins Altenteil des Klosterhospitals zu bringen. Das wusste Bruder Bernhard natürlich.

Aber Hannes wollte Großvater Bertram heute lieber nicht sehen. Vielleicht war morgen ja schon der Verdacht gegen ihn aus der Welt und er konnte ihm die Aufregung ersparen. Außerdem musste er jetzt wirklich dringend in die Burgküche zurück. Die Kinder verabschiedeten sich rasch und gingen zur Pforte.

»Bis morgen dann!« Bruder Bernhard nickte Hannes und Agnes lächelnd zu. »Und sag deinen Eltern herzlichen Dank, Jakob!«

Sobald er die Pforte hinter ihnen geschlossen hatte, erzählten Agnes und Hannes Jakob, was sie von Bruder Bernhard erfahren hatten.

»Benedikt war nicht bei den Pilgern«, sagte Agnes. »Wie sollte er, wenn er schon so früh bei euch war.«

»Aber wenn er nicht aus dem Kloster kam, woher denn dann?«, fragte Hannes.

»Ich weiß, wo er gewesen sein kann!«, rief Jakob. »Lasst uns zur Toreiche gehen. Vielleicht finden wir da etwas.«

Die Toreiche vor dem Stadttor am Kloster war ein sehr alter Baum. Ihr breiter, knorriger Stamm war über den Wurzeln über die Jahre hohl geworden. Trotzdem trug sie weiter Blätter. An ihren Ästen, die so dick wie junge Bäume waren und sich zu einer großen Baumkrone verzweigten, hingen im Herbst unzählige Eicheln. Gesellen oder fahrende Sänger und manchmal auch Reisende, die zu spät in Erlenburg ankamen und vor schon geschlossenen Stadttoren standen, übernachteten gern darin. Die Öffnung im Baum war spitz wie ein Zelt und gerade groß genug, dass man sich zum Schlafen hineinlegen konnte.

Die Kinder durchsuchten das trockene Laub. Es lag noch vom letzten Herbst wie eine weiche Matratze im Baumstamm.

Triumphierend hob Agnes ein Töpfchen hoch, das mit einem Tuch verschlossen war.

»Das kann jeder hier verloren haben.« Hannes schüttelte den Kopf.

»Aber es sieht doch wie die anderen Töpfchen in dem Reisebündel aus!« Agnes hob den Stoff an. »Diesmal ist es grüne Salbe. Aber das Tuch ist trocken.«

»Das beweist alles noch nicht, dass Benedikt hier war«,

sagte Hannes enttäuscht. »Wir wissen ja nicht mal, ob das Bündel wirklich ihm gehört. Gehen wir! Hugo wartet auf mich!«

»Moment mal!«, rief Jakob plötzlich und zeigte aufgeregt in den Baum. »Jetzt können wir doch beweisen, dass Benedikt hier war!«

Was hat Jakob entdeckt, das ihn so sicher sein lässt?

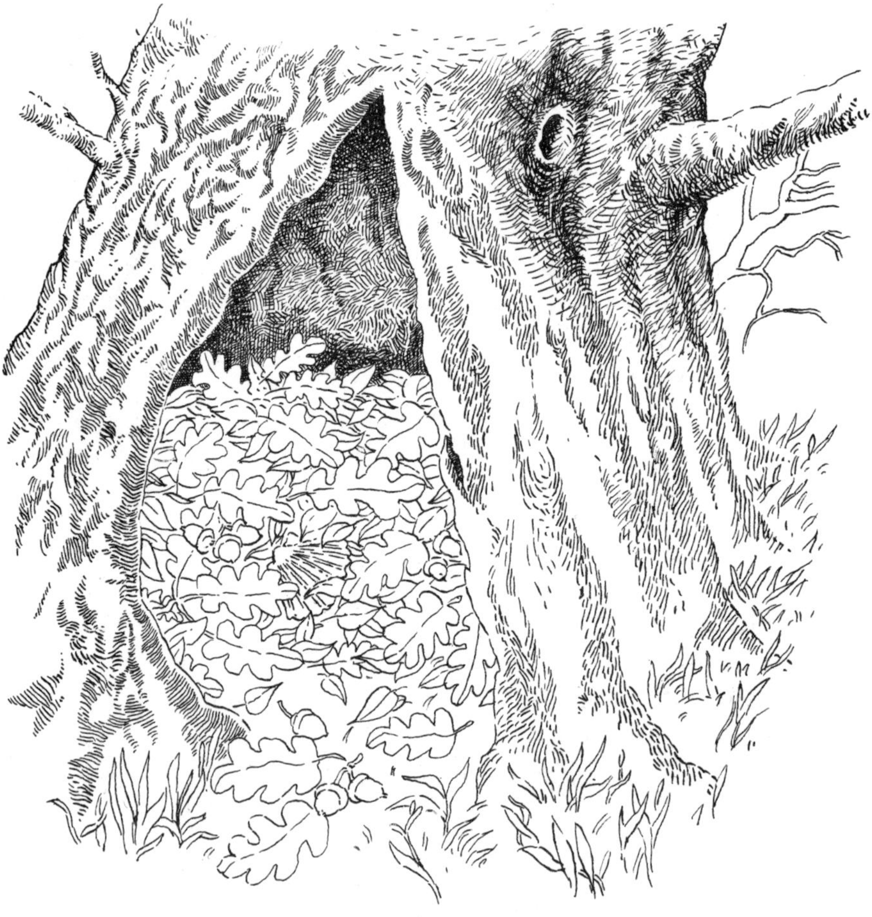

5

Gottfried ist in der Stadt

Die Kinder gingen nachdenklich durch das Stadttor zurück. Benedikt hatte sie in den »Drei Kronen« angelogen. Warum? Er war nicht mit den Pilgern in die Stadt gekommen, sondern hatte in Wirklichkeit die Nacht in der Toreiche verbracht. Hatte ihn vielleicht jemand dort gesehen? Und wenn ja, wer?

»Ich hab's!«, rief Agnes plötzlich. »Wir gehen zum Alten Franz. Er ist doch Nachtwächter! Vielleicht hat der heute Nacht etwas beobachtet.«

»Schläft der jetzt nicht?«, fragte Hannes.

»Ich glaub nicht«, sagte Jakob. »Er kommt manchmal mittags in unsere Schänke. Der ist bestimmt schon wieder auf den Beinen.«

»Versuchen können wir es wenigstens mal!«, sagte Agnes. »Kommt.«

Hannes seufzte. Er konnte jetzt noch nicht zurück in die Burgküche. Er musste einfach hören, was der Alte Franz zu sagen hatte. Auch wenn Hugo toben würde!

Sie bogen hinter dem Stadttor nach links ab, denn der Alte Franz wohnte in einem windschiefen, alten Haus beim Eckturm. Die Stadtmauer knickte dort rechtwinklig ab. Auf der einen Seite führte sie zum Stadttor an der Toreiche und weiter zum Kloster und auf der anderen Seite bis hinunter zur Burg.

Auf ihr Klopfen öffnete der Alte Franz die Tür.

»Wer da?«, gähnte er und runzelte die Stirn, als er die aufgeregten Gesichter der Kinder vor seiner Tür sah. »Jakob! Und euch beiden hab ich doch auch schon mal gesehen! Na, wo brennt's denn?«

Die Kinder traten durch die Tür in den einzigen Wohnraum des kleinen Hauses. An der Wand neben der Tür lehnte der lange Spieß, mit dem der Alte Franz gegen Diebe und anderes Gesindel vorging, das er nachts auf den Straßen erwischte. Seine Lampe stand auf dem Boden, Hut, Umhang und Nachtwächterhorn hingen an einem Nagel. Die Fachwerkwand gegenüber der Tür war an einigen Stellen mit Stroh ausgebessert und davor stand ein grob gezimmertes Bettgestell mit einer Strohmatratze und einem geflickten Laken. In der Mitte des Raumes flackerte ein Feuer in der Herdstelle, dessen Rauch durch eine Luke im Dach abzog, und auf dem Rost daneben dampfte ein Topf mit Hirsebrei. Der Holzladen eines kleinen Fensters war geöffnet. Ein paar Lichtstrahlen fielen wie lange Finger herein und zeichneten helle Streifen in die rauchig graue Luft.

Der Alte Franz führte sie zu einem kleinen Tisch, auf dem ein Milchkrug, ein Becher und eine Schale Hirsebrei standen.

»Setzt euch«, sagte er. »Was ist denn passiert?«

Jakob stellte dem Alten Franz Agnes und Hannes vor.

»Wir haben ein Problem, bei dem nur Ihr uns noch helfen könnt«, begann er.

Die kleinen schwarzen Augen des Alten Franz blitzten neugierig auf.

»Und was für ein Problem könnte das sein?«, fragte er und lächelte geschmeichelt.

Die Kinder erzählten ihm von dem verschwundenen Pfeffersack und dem Verdacht gegen Hannes.

Der Alte Franz blickte sie erschrocken an.

»Du meine Güte!«, rief er. »Das ist aber eine sehr ernste Sache, mein Junge. So was bleibt an einem kleben. Ich kenne diese Stadt und ihre Einwohner, glaub mir. Ein solcher Verdacht ist nur auszuräumen, wenn man den wahren Dieb findet. Immer vorausgesetzt, du warst es wirklich nicht?«

Hannes sprang empört auf. »Niemals!«, rief er. »Ich bin kein Dieb!«

Der Alte Franz sah ihn prüfend an und nickte dann. »Gut, ich glaube dir. Und was kann ich dabei tun?«

Jakob erzählte ihm von dem nassen Bündel und dem fremden Pilger in den »Drei Kronen«.

»Benedikt gefällt uns nicht«, fügte Agnes hinzu. »Und wir haben gerade entdeckt, dass er nicht die Wahrheit sagt.«

»Wie habt ihr das denn angestellt?«, fragte der Alte Franz.

»Wir sind zur Toreiche gegangen ...«, fing Hannes an.

»Klug von euch«, sagte der Alte Franz anerkennend.

»Da hätte ich auch nachgesehen. Wenn dieser Benedikt wirklich mit den anderen Pilgern unterwegs gewesen wäre, dann hätte er sicher mit ihnen in irgendeiner Bauernscheune übernachtet.«

»Genau«, sagte Jakob. »Und dann haben wir auch noch das hier entdeckt.«

Er legte die große Jakobsmuschel auf den Tisch, die aus dem Laub in der Eiche hervorgeschaut hatte. Das Salbentöpfchen stellte er daneben.

»Oha!«, rief der Alte Franz. »Eine Pilgermuschel! Die bringt diesen Benedikt nicht unbedingt mit dem Pfeffersack zusammen, aber er sagt offenbar tatsächlich nicht die ganze Wahrheit, da habt ihr Recht.«

»Habt Ihr gestern Nacht vielleicht jemanden gesehen?«, fragte Hannes. »Also ich meine jemanden, der irgendwie auffällig war?«

»Lass mich nachdenken«, sagte der Alte Franz. »Eine Nacht ist lang, weißt du?« Er legte den Finger an die Nase und überlegte. »Da war etwas, ja, wenn du mich so danach fragst. Es war um die elfte Stunde, glaube ich. Ich war am Hafentor und bin zum Wehrgang hinaufgestiegen. Und da trieb sich jemand bei den Lagerhäusern herum.«

»Wie sah er aus?«, fragte Agnes aufgeregt.

Der Alte Franz lachte. »Auch wenn der Mond scheint, kann man nachts nicht so gut sehen! Wie soll ich ihn da beschreiben können?«

»Hatte er keine Lampe dabei?«, fragte Hannes.

»Nein«, antwortete der Alte Franz. »Das hat mich ja

stutzig gemacht. Nachts ohne Lampe herumzulaufen – das macht nur lichtscheues Gesindel!«

»Trug er einen Umhang und einen Pilgerhut?«, fragte Jakob.

»Warte mal!«, antwortete der Alte Franz. »Ich erinnere mich an etwas. Der Mann war lang und dünn und trug einen Umhang. Aber das war kein langer Pilgermantel und ... nein, einen Hut hatte er nicht auf. Als er weglief, bauschte sich der Umhang und ich konnte verschiedenfarbige Beinlinge erkennen. Ich weiß aber nicht, welche Farben, denn im Mondlicht waren sie nur grau. Das eine Bein war aber viel heller als das andere. Eine verrückte neue Mode aus Frankreich ist das!« Der Alte Franz schüttelte den Kopf.

»Ja, meine Mutter hat das auch erzählt«, sagte Agnes. »Man zieht dazu ein Wams an, das die gleichen Farben hat, nur andersherum als die Beinlinge. Und bei Frauen ist gleich das ganze Kleid abwechselnd so bunt genäht.«

»Es war bestimmt ein Gaukler aus der Burgschänke, wenn ihr mich fragt«, meinte der Alte Franz. »Wer sonst zieht sich so bunt an außer Grafen und Königen? Und die laufen ja nun mal nicht nachts bei uns am Hafen herum.«

»Benedikt war es sicher nicht«, überlegte Jakob. »Der hat nur dunkle Sachen an.«

»Also müssen wir weitersuchen«, seufzte Hannes.

»Nun lass mal nicht den Kopf hängen«, tröstete ihn der Alte Franz. »Ich werde jetzt nachts besonders gut aufpassen, ob mir noch etwas auffällt. Und ihr sagt mir

Bescheid, was ihr herausbekommt. Wenn ihr den Dieb tatsächlich findet, braucht ihr Hilfe.«

Als sie wieder vor dem Haus des Nachtwächters standen, schaute Hannes seine Freunde traurig an. Doch Jakob klopfte ihm aufmunternd auf die Schulter.

»Keine Sorge!«, sagte er zuversichtlich. »Wir kriegen den Kerl schon!«

Er steckte die Muschel und das Salbentöpfchen wieder ein und die Kinder gingen über den Mauersteig zum Marktplatz zurück. Es ließ Jakob keine Ruhe, warum der seltsame Pilger gelogen hatte.

»Warum bindet er Vater so einen Bären auf?«, sagte er wütend und blieb abrupt stehen. »Er ist doch sein Freund!«

»Vielleicht hat er mehr zu verbergen, als wir vermuten«, überlegte Agnes. »Vielleicht ist er ja sogar nur ein verkleideter Pilger?«

»Bestimmt!« Hannes' Gesicht hellte sich auf. »Sonst hätte Bruder Bernhard ihn heute Morgen im Kloster gesehen.«

Als die Kinder auf dem Marktplatz ankamen, war das Gedränge noch größer geworden. Inzwischen waren auch die Fernhändler angekommen und hatten ihre Waren ausgebreitet. Vor der Häuserreihe vom Mauersteig bis zu den »Drei Kronen« lagen die feinsten Handelsgüter Europas auf den Ständen: Pelze und Leder, kostbare Seide, Gold- und Silbergarn zum Sticken, kupferne Töpfe und Pfannen und bunt gefärbte feine Wollstoffe.

Auf einem Stand waren sehr teure Orangen zu einer Pyramide aufgeschichtet. Sie kamen von weit her und kaum jemand konnte sie sich leisten, aber alle bestaunten sie. Der Händler und sein Gehilfe hatten genug damit zu tun, die Neugierigen zu verscheuchen, die mit ihren Nasen den Früchten zu nahe kamen, weil sie ihren Duft noch nie gerochen hatten.

Ein Bäcker schenkte den Kindern süßes weißes Brot. Es hatte das falsche Gewicht und verkaufen durfte er es nicht mehr. Kauend bestaunten sie den Bärenführer, der einen riesigen Bären tanzen ließ und dafür viel Beifall bekam. Der Kreis von Menschen um ihn herum war groß, aber keiner traute sich nahe heran, denn der Bär sah einfach zu gefährlich aus.

Plötzlich wurde es ganz still auf dem Marktplatz. Der fröhliche Lärm, das Lachen und der Beifall verstummten. Alle Köpfe drehten sich nach oben in Richtung Rathausgiebel.

Ein Mann stieg aus einem Fenster im obersten Stock. Er richtete sich langsam auf und prüfte mit der Fußspitze das Seil, das am Morgen von hier bis zum Kirchturm gespannt worden war. Er streckte einen Arm zur Seite und von unten reichte ihm ein anderer Gaukler eine sehr lange Stange. Der Mann zog sie zu sich hinauf und hielt sie mit beiden Händen in der Mitte fest. Dann glitt er mit einem ganzen Fuß auf das Seil und verlagerte ganz langsam sein Gewicht auf diesen Fuß. Da! Er machte den ersten Schritt. Die Menge stöhnte leise und verfolgte atemlos die bedächtigen, schwankenden Schritte des

Akrobaten. Schritt für Schritt ging er seinen Weg hoch über den Köpfen der Marktbesucher bis zum Kirchturm. Er stellte sich auf die sichere Fensterbank eines Turmfensters und winkte hinunter in die jubelnde Menge, die gleich darauf wieder still war, denn er ging den ganzen Weg auch wieder zurück. Als er wohlbehalten auf der Fensterbank am Rathaus ankam, verbeugte er sich noch einmal vor seinem Publikum. Ein unbeschreiblicher Beifall brach los.

»Es hat ausgesehen, als liefe er auf der Luft!«, rief Jakob den anderen durch den Lärm zu. Ein zweiter Gaukler ging mit einem Kästchen durch die Menge und sammelte die reichlich gespendeten Münzen ein.

»Gottfried!«, rief Agnes plötzlich und rannte los. Jetzt entdeckten Jakob und Hannes ihn auch: Gottfried, der Spielmann, war ein alter Freund von ihnen. Er kam jedes Jahr zum Juli-Markt und jedes Jahr hatte er neue Geschichten und Lieder für sie.

Als Jakob und Hannes bei dem bunt gekleideten Spielmann ankamen, war Agnes ihm schon um den Hals gesprungen.

»Hilfe!«, ächzte Gottfried. »Ich ersticke! Man will mich ermorden!«

Lachend ließ Agnes von ihm ab.

»Aha!«, sagte Gottfried, »Jakob und Hannes, meine edlen Retter! Ich dachte schon, ich müsste mit dieser Würgerin allein vorlieb nehmen!«

Dann begrüßte er die Kinder auf Spielmannsart: Er nahm seine Laute vom Rücken und spendierte großzügig jedem eine Melodie – fröhlich für Agnes, gemächlich für Jakob und traurig für Hannes.

»Was ist los mit dir, Hannes?«, fragte er. »Meine Laute wollte nichts Lustiges für dich spielen!«

Hannes seufzte nur, aber Agnes und Jakob berichteten ihrem Freund von ihren Sorgen.

»Ein Dieb in Erlenburg?«, fragte Gottfried. »Hoffentlich ist er nicht so gerissen wie der Dieb von Brügge!«

»Was ist mit dem?«, wollte Hannes wissen. Er ließ sich nur zu gern aus seiner niedergedrückten Stimmung reißen. Gottfried erreichte, dass Hannes' Neugier größer war als seine Angst.

»Erzähl schon!«, drängte Agnes und Jakob rief: »Ja, bitte! Eine Geschichte!«

»Wohlan«, rief Gottfried mit lauter Stimme und zwinkerte den Kindern zu, »dann höret die sehr seltsame Geschichte vom Dieb von Brügge.«

Er schlug die Saiten seiner Laute an und lockte damit noch mehr Zuhörer herbei. Dann begann er zu erzählen:

»In der Stadt Paris lebte einst stolz und unbekümmert ein gewitzter und erfahrener Dieb. Der wollte dem König von Frankreich seinen Schatz aus einem festen Turm stehlen. Aber allein traute er sich das nicht zu, also dachte er bei sich: ›Ich muss mir Hilfe holen, aber wem kann ich vertrauen?‹

Es fiel ihm ein, dass er von einem Dieb in Brügge gehört hatte, der dort in Pelz, Silber und Gold einherging und in großem Ansehen stand. Kein Bürger von Brügge vermutete einen Dieb in ihm. Diesen lud der Dieb von Paris nun zu sich ein und bei einem guten Essen erzählte er von seinem Plan: ›In diesem Turm ist eine Unmenge Geld und Gold. Aber wer es rauben will, der muss schon einen guten Plan haben und geschickt sein. Nun gibt es keinen besseren Dieb auf der Welt als mich. Ich bin allen überlegen, das kannst du mir glauben. Aber allein, so muss ich gestehen, traue ich mir die Sache nicht zu. Deshalb habe ich dich eingeladen.‹

Der Dieb von Brügge schmunzelte über die Selbstgefälligkeit des anderen. ›Da hast du richtig entschieden‹, sagte er. ›Einer muss dem anderen helfen.‹«

Gottfried hatte sich die ganze Zeit leise auf der Laute begleitet. Jetzt unterbrach er seine Geschichte und spielte ein paar laute Akkorde. Er erreichte seinen Zweck.

»Erzähl doch weiter!«, bat Agnes und auch die anderen Zuhörer rückten ein Stück näher. Die Musik wurde wieder leiser und Gottfried fuhr fort mit der Geschichte:

»Als sie gegessen hatten, gingen sie in den Garten hinaus, in dem ein hoher, breiter Baum stand. Hoch oben saß eine Elster auf ihrem Nest und brütete.

Da sagte der Dieb von Brügge: ›Wem es gelingt, der Elster die Eier aus dem Nest zu stehlen, ohne dass sie etwas davon merkt, der muss wohl viel Erfahrung haben.‹

›Das kann ich‹, sagte der Dieb von Paris. ›Durch dieses Kunststück werde ich dir zeigen, dass mir keiner gleichkommt in meinem Fach.‹

Damit kletterte er den Baum hinauf. Aber der Dieb von

Brügge folgte ihm unbemerkt und war so geschickt, dass er dem anderen die Hose vom Leibe stahl, während dieser die Eier aus dem Nest holte.«

Gottfrieds Laute beschrieb genau, wie die beiden Diebe den Baum hinaufkletterten – langsam und vorsichtig der Dieb von Paris, flink und leise der Dieb von Brügge. Seine Zuhörer lachten und sahen Gottfried erwartungsvoll an.

»Als der Dieb von Paris wieder vom Baum gestiegen war, fragte ihn der Dieb von Brügge, wie viele Eier er denn erwischt habe.

›Fünf Stück!‹, sagte der andere stolz. Aber wie groß war seine Überraschung, als er merkte, dass er keine Hose mehr am Leibe trug! ›Was ist das? Bin ich verhext? Wo ist meine Hose geblieben?‹, fragte er verdutzt.

Da hielt der Dieb von Brügge ihm vergnügt die Hose hin und sagte: ›Mein Freund, du hast mich unterschätzt! So geschickt wie jetzt werde ich dir auch beim Schatz des Königs helfen.‹

Fröhlich gingen sie wieder ins Haus und ... ob sie den Schatz des Königs wirklich bekommen haben, das ist eine andere Geschichte.«

Mit einer kleinen Melodie beendete Gottfried seine Erzählung. Seine Zuhörer klatschten begeistert Beifall. Sie fanden den Spaß mit der Hose so gut, dass sie dem Spielmann bereitwillig Münzen zuwarfen und lachend auseinander gingen. Auch die Kinder lachten. Jakob zog Grimassen und machte vor, wie der große Dieb von Paris verblüfft feststellte, dass seine Hose weg war.

Agnes half Gottfried dabei, die Münzen seines Publikums aufzuheben. Doch als sie ihm seinen verdienten Lohn reichen wollte, erstarrte sie. Auch Gottfried war verdächtig. Das durfte einfach nicht wahr sein!

Was hat Agnes entdeckt?

6

Der Burgkoch regt sich auf

In der Nähe der Burggasse kam Bewegung in die Menge. Gottfried war so lang, dass er leicht über die Köpfe der anderen Marktbesucher schauen konnte.

»Seht mal, wer da kommt!«, sagte er und steckte seinen Geldbeutel wieder ein. Er hatte offenbar überhaupt nicht gemerkt, wie erschrocken Agnes ihn angesehen hatte.

»Oh nein! Bitte nicht!«, stöhnte Hannes und versteckte sich hinter Gottfried.

Agnes und Jakob sahen zuerst nur Matthes, den Burgschänkenwirt. Aber dann wurde ihnen klar, warum Hannes nicht entdeckt werden wollte. Hinter Matthes bahnte sich Hugo, der Burgkoch, mit dem Stadtvogt Markus von Thalbach einen Weg über den Jahrmarkt.

Der Stadtvogt war ein schon älterer, beleibter Mann. Seine gerade Haltung und seine langsamen Bewegungen drückten aus, dass er sich seiner bedeutsamen Stellung durchaus bewusst war. Er war der Stellvertreter des Grafen Wilhelm, dem die Stadt Erlenburg gehörte, und sein oberster Beamter. Markus von Thalbach zog Steuern und Abgaben ein, organisierte die Verwaltung und sprach Recht. Er hatte mehr Macht als der Bürgermeister und seine Ratsherren, denn die mussten nach ihrer Wahl erst die Erlaubnis des Grafen einholen, um ihr Amt auch ausüben zu können.

Der Stadtvogt grüßte freundlich nach allen Seiten. Er kannte fast jeden Bürger der Stadt. Hugo, der Burgkoch, stolzierte sehr wichtig hinter ihm her. Das sah besonders lustig aus, weil Hugo so lang war. Er trug einen kurzen dunklen Umhang, unter dem endlose grüne Beinlinge hervorschauten, die in spitzen Schuhen steckten. Auf Hugos Kopf thronte ein kleiner grüner Hut. Immer, wenn der viel kleinere Stadtvogt mit ihm sprach, hielt Hugo seinen Hut fest, ging ein bisschen in die Knie und beugte seinen Oberkörper nach vorne, um Markus von Thalbach bei dem Jahrmarktslärm besser verstehen zu können.

»Er hat was von einem Frosch«, lachte Gottfried. »Mit dem Hut und den Beinlingen ...«

»Nicht so laut, Gottfried!«, bat Hannes hinter dessen Rücken. »Er kann dich doch hören!«

»Nein, nein, keine Sorge«, beruhigte Gottfried ihn. »Er ist viel zu beschäftigt mit Hüpfen.«

Hannes schaute ihn fragend an, aber dann sah er es selbst. Tatsächlich! Wenn ihm Abfall von einem Gemüse- oder Metzgerstand im Weg lag, sprang Hugo mit einem kleinen Hopser darüber hinweg. Unter keinen Umständen wollte er sich schmutzig machen. Hannes musste trotz allem lachen.

Die drei Männer waren jetzt so nah, dass die Kinder verstehen konnten, worüber sie redeten. Matthes zeigte mit ausgebreiteten Armen in zwei Richtungen gleichzeitig und sagte: »Ich meine, wenn wir die langen Tische für das Fest da an der Burggasse anfangen lassen und sie dann hier bis zur Kirche stellen, müsste das reichen.«

Der Stadtvogt überlegte und nickte dabei langsam mit dem Kopf.

»Nein, nein, nein, nein!«, widersprach Hugo und streckte einen langen Zeigefinger aus. »Genau da vor der Kirche muss der hohe Tisch für den Grafen stehen. Und die anderen Tische müssen rechts und links davon ein U bilden.«

Sie sprachen also über das Kirschenfest. Seit langer Zeit war es Brauch, dass Graf Wilhelm allen Bürgern von Erlenburg für dieses Fest nach dem Juli-Markt ein Festessen unter freiem Himmel spendierte. Sein Koch Hugo musste mit seinen Gehilfen und Küchenjungen das Essen dafür zubereiten und das nicht nur, weil er über die größte Küche verfügte. Man musste zugeben, dass Hugo ein ausgezeichneter Koch war und das Festessen auf dem Marktplatz immer einen Höhepunkt im Leben der Stadt Erlenburg darstellte.

Inzwischen hatten sich die drei Männer darüber geeinigt, wie die Tische stehen sollten.

»Gut«, sagte Matthes, »also wie im letzten Jahr: vom Haus des Gewürzkrämers bis zur Kirche, dann im rechten Winkel dazu der hohe Tisch für die Grafenfamilie und dann wieder im rechten Winkel an der Kirche vorbei zurück. Da hast du doch dein U, Hugo, auch wenn der hohe Tisch nicht direkt vor der Kirche steht!«

»Ja, ja«, gab Hugo zu und musste schon wieder seinen Hut festhalten und sich vorbeugen, denn der Stadtvogt sagte etwas spöttisch: »Es kann Euch doch auch nur recht sein, wenn die Tafel möglichst lang wird. Ihr werdet doch sicher wieder die Vergünstigung unseres Herrn Grafen ausnutzen wollen?«

Hugo errötete leicht und fragte spitz: »Ja sicher, warum?«

»Nun – wenn Ihr uns wieder mit äußerst eleganter Kleidung erfreuen wollt, dann sollten Euch doch auch möglichst viele Menschen bewundern können, wenn Ihr an allen Tischen vorbei zum Grafen geht!«

Die Umstehenden fingen an zu lachen. Es war allgemein bekannt, dass Hugo eitel war. Die Vergünstigung des Grafen gab ihm die Möglichkeit, sich zu diesem öffentlichen Ereignis Kleidung nach der neuesten Mode schneidern zu lassen und auch für die Zeit des Festes zu tragen. Nach der strengen Kleiderordnung der Stadt genoss Hugo damit ein großes Privileg, denn er durfte auch Stoffe und Farben wählen, die sonst dem Adel und hochgestellten Persönlichkeiten vorbehalten waren. Der Graf belohnte ihn so für seine Kochkunst.

Hugo merkte nichts von dem leisen Spott des Stadtvogts. Er steckte seine Nase in die Luft und sah sich stolz um.

Agnes nutzte die Gelegenheit, dass Gottfried alles

aufmerksam beobachtete, um den anderen von ihrer Entdeckung zu berichten.

»Habt ihr gesehen, was Gottfried an seinem Wams trägt?«, flüsterte sie aufgeregt. »Ein Bleisiegel!«

»Ja und?«, gab Jakob zurück.

»Es ist Gieronimos Bleisiegel! Ein G mit einem Krönchen! Genau dasselbe wie auf dem Pfeffersack!«

Jakob starrte Agnes ungläubig an. Das konnte nicht sein! Hannes drehte sich gerade entsetzt zu Agnes um, da schoss von oben eine Hand herunter und zog ihn am Ohr hinter Gottfrieds Rücken hervor.

»Hab ich dich endlich!« Hugo war wütend, das war nicht zu übersehen. »Wie kommst du dazu, deine Arbeit zu verlassen? Und wo sind die Früchte für den Mittagstisch des Grafen? Noch nicht einmal einen einfachen Auftrag kannst du rechtzeitig erledigen!«

Hugo packte Hannes am Kragen und schüttelte ihn.

»Aber was soll man schon anderes von dir erwarten? In der ganzen Stadt erzählt man sich ja schon von dir und dem gestohlenen Pfeffersack. Wenn ich vor dem Festessen nicht jeden Gehilfen dringend in meiner Küche brauchen würde, hätte ich dich schon längst in den Turm sperren lassen!«

»Aber ich habe doch gar nichts …«, fing Hannes an. Er hatte einen ganz roten Kopf bekommen, weil Hugo ihn vor allen Leuten so beschimpfte. Jetzt wusste jeder in der Stadt von der Anschuldigung.

Agnes und Jakob schauten Hugo zornig an, aber sie konnten nichts tun.

»Was, auch noch das Unschuldslamm spielen?«, schimpfte Hugo. »Deine Sorte kenne ich. Sofort kommst du ...«

»Nun lasst doch den Jungen los«, mischte sich da Gottfried ein. »Ihr tut ihm ja weh!«

»Ich wüsste nicht, was dich das angeht!«, schnaubte Hugo wütend. »Kümmere dich lieber um deine Lieder und lass andere zufrieden!«

Gottfried fing an zu grinsen. »Wohlan!«, rief er und griff in die Saiten. »Ich befolge Euren Rat und kümmere mich lieber um ein Lied!«

Er schlug eine rasche, lustige Melodie an und sang:

»Hört alle her, ich sing Euch nun
von ungeheuer eitlem Tun.
Es war ein Frosch im grünen Gras,
der reckte immer hoch die Nas.
›Ich bin‹, so sagte er, ›allhier
mit Sicherheit das größte Tier.
Ich jage Fliegen, fange Mücken,
werf einen Käfer auf den Rücken,
und da, der dicke Regenwurm
hält mich bestimmt für einen Turm.‹
Er kam sich wie ein Riese vor
und merkte nicht, der eitle Tor,
dass es noch größre Tiere gibt.
Dazu war er zu selbstverliebt.
Ein Stückchen weiter stand ein Rind
und kaute Gras, wie Rinder sind.

Der Frosch, der platzte fast vor Neid:
das Tier war größer, welch ein Leid!
Er blies sich auf und blies und blies,
bis ihn schon fast die Kraft verließ,
und ist am Ende, ganz verratzt,
mit einem lauten Knall geplatzt.
So kann es auch den Leuten gehn,
die meinen, über euch zu stehn:
Sie tragen hoch die eitle Nase
und platzen dann wie eine Blase.«

Gottfried schloss sein Lied mit einem fröhlichen Lautenschlag.

Die Zuhörer um ihn herum bogen sich vor Lachen. Natürlich hatten sie längst durchschaut, auf wen Gottfried anspielte. Sogar der würdige Stadtvogt konnte sich ein Lächeln nicht verkneifen.

Hugo blickte sich um und verstand erst nicht, was alle so lustig fanden. Ein eitler Frosch! Du liebe Zeit! Ja und? Die Fabel kannte doch jeder! Aber als das Publikum ihn spöttisch grinsend ansah und ein kleiner Junge auch noch auf seine grünen Beinlinge zeigte, dämmerte ihm allmählich, was Gottfried meinte. Sein Gesicht veränderte sich von fragend zu verdutzt und dann zu wütend. Er ließ den armen Hannes los und wollte sich gerade auf Gottfried stürzen, um wenigstens ihm das Lachen aus dem Gesicht zu wischen, da hielt Matthes ihn zurück.

»Aber Hugo, das ist doch Gottfried, der Spielmann«,

sagte er beruhigend. »Er ist völlig harmlos. Er kam gestern Nacht noch spät in meine Schänke und wohnt bei mir. Also schlag ihn nicht zusammen, er schuldet mir noch mindestens das Geld für ein Abendessen und ein Frühstück!«

Man merkte, wie schwer es Hugo fiel, von Gottfried abzulassen, der immer noch spöttisch lächelnd dastand und abwartete, was weiter passieren würde.

Hannes hatte sich inzwischen zu Jakob und Agnes geflüchtet und stieß die beiden an.

»Seht ihr es auch?«, fragte er leise.

Jakob und Agnes schauten genau hin und nickten dann mit den Köpfen.

Was fällt den Kindern auf?

Im Klosterhospital

Am nächsten Morgen saß Jakob allein in der Küche und aß sein Frühstück. Draußen im Hof fütterte seine Mutter gemeinsam mit seinen Geschwistern die Hühner und die Schweine. Die Magd war einkaufen gegangen. Normalerweise setzte Jakob sich mit seiner Schale Hirsebrei zu Köbes in den Schankraum. Es war morgens immer so gemütlich, wenn er seinen Vater einmal ganz allein für sich hatte und noch ein bisschen mit ihm reden konnte, bevor die ersten Gäste kamen.

Der Schankraum sah noch aufgeräumt aus, Holztische und Bänke waren mit Wasser und einer Bürste bearbeitet und glänzten matt. Auf dem Boden lag frisches Stroh gegen Straßenschmutz und verschüttetes Bier. In den Regalen hinter der Theke standen ordentliche Reihen von Ton- und Zinnbechern und Steinkrüge mit Most, Wein und Kräuterschnaps.

Spätestens wenn sich nachmittags die Schänke füllte, stand Jakob meistens hinter der Theke. Mit einer Kelle, die bei Köbes für nichts anderes benutzt wurde, schöpfte er den Gästen ihr Bier aus einem Fass in die Becher.

Köbes achtete peinlich darauf, dass Jakob anschließend nicht vergaß, das Fass auch wieder mit einem Deckel zu verschließen. In anderen Schänken schwammen schon mal tote Fliegen oder Strohhalme im Bier herum. Bei Köbes kam das nicht vor. »Im Fass ist nur Bier und sonst nichts, merk dir das, Jakob!«, sagte er dann. Er war stolz auf Hildas selbst gebrautes Bier und hoffte, dass Jakob eines Tages der Wirt und Braumeister hier sein und dazu eine Frau wie Hilda finden würde.

Aber heute Morgen war Köbes mit anderen Dingen beschäftigt. Schon am Tag zuvor hatte er seinem alten Freund Benedikt eine Kammer in den »Drei Kronen« angeboten, damit der nicht zum Gästehaus des Klosters humpeln müsste. Jetzt hockte der Pilger auf einer Bank in der Ecke, aß sein Frühstück und Köbes saß bei ihm. Jakob wollte Benedikt nicht sehen, denn er traute ihm immer noch nicht über den Weg. Bevor nicht geklärt war, ob er etwas zu verbergen hatte, musste er jedenfalls auf Jakobs Gesellschaft verzichten.

Er hörte, wie Köbes im Schankraum jemandem zurief: »Er ist in der Küche!«, und da standen auch schon Agnes und Hannes ganz aufgeregt vor ihm.

»Komm schnell!«, rief Agnes.

»Was ist denn los?«, fragte Jakob und steckte einen Löffel Hirsebrei in den Mund.

»Gottfried liegt im Klosterhospital!«, sagte Hannes.

Jakob verschluckte sich vor lauter Schreck.

»Was? Wieso?«, fragte er, nachdem er sich von seinem Hustenanfall erholt hatte.

»Er hat eine schlimme Beule am Kopf«, erklärte Hannes. »Ich wollte meinem Großvater sein Essen aus der Burgküche bringen, da hat der Pförtner es mir erzählt und ich bin sofort zu euch gelaufen.«

»Jetzt komm schon«, sagte Agnes noch einmal. »Wir müssen zu Gottfried!«

»Glaubst du also nicht mehr, dass er den Pfeffersack gestohlen hat?«, wollte Jakob wissen.

»Nun komm!«, sagte Agnes. »Vielleicht klärt sich das mit dem Bleisiegel ja auf.«

Jakob kratzte noch schnell den Rest Hirsebrei aus seiner Schale und lief dann durch den Schankraum hinter Agnes und Hannes her nach draußen. Dabei stieß er beinahe mit einem Händler zusammen, der seinen Stand nah an der Tür zur Schänke aufgebaut hatte.

»Pass doch auf!«, rief der Mann und prüfte schnell, ob seiner Ware auch nichts passiert war. Auf ein rotes Stück Stoff hatte er Salzbrocken aufgehäuft. Er würde nicht lange auf Käufer warten müssen. Salz war nicht gerade billig, aber fein zerrieben gehörte es in einem schön gearbeiteten Salzschiff auf den Tisch eines jeden wohlhabenden Bürgerhauses.

Jakob blieb kurz stehen, um sich zu entschuldigen, aber der Händler achtete schon gar nicht mehr auf ihn, sondern ordnete seine Waren. Schnell lief Jakob weiter hinter Agnes und Hannes her. Atemlos kamen die Kinder bei der Klosterpforte an und klopften. Bruder Bernhard öffnete die Pforte und sah ihnen kopfschüttelnd nach, weil sie sich kaum Zeit nahmen, ihn zu begrüßen, sondern gleich weiter zum Hospital stürmten.

Am Eingang des Hospitals liefen sie dem Krankenbruder in die Arme.

»Halt, halt, halt!«, ermahnte Bruder Martinus sie. »Hier wird nicht gerannt. Hier liegen Kranke, die ihre Ruhe brauchen. Was wollt ihr?«

»Wir möchten Gottfried besuchen«, sagte Agnes.

»Den Spielmann, den man uns gestern Nacht gebracht hat?«, fragte Bruder Martinus.

»Ja«, antwortete Jakob. »Wir müssen zu ihm!«

Der Krankenbruder sah sie forschend an. Es schien den Kindern ernst zu sein, und als er auch noch Hannes erkannte, sagte er endlich: »Nun gut. Er liegt im vierten Bett auf der rechten Seite. Aber macht bitte keinen Lärm!«

Die Kinder nickten und betraten dann sehr leise das Hospital. Es war eine lang gestreckte, kühle Halle aus Stein, fast wie eine Kirche, aber nicht so groß und hoch. Man konnte bis hinauf ins Dach sehen, das von schön verzierten Balken getragen wurde. Der Boden war gefliest und rechts und links an den Wänden entlang stand ein breites Krankenbett neben dem anderen unter hohen Fenstern. Es roch nach Heilkräutern, die gegen die Ansteckung in kleinen Eisenbecken verbrannt wurden. Weil es nicht genug Betten gab, mussten sich manche Kranke ein Bett teilen. Novizen – selbst kaum älter als die Kinder – halfen mit ruhigen, leisen Bewegungen Bruder Martinus bei seiner Arbeit. Der eine gab einem

Mann mit einem gebrochenen Arm etwas zu trinken, ein anderer tupfte die fieberheiße Stirn einer Frau mit einem kühlen, feuchten Tuch ab und ein dritter trug einen Korb mit schmutziger Wäsche hinaus.

Gottfried lag allein in einem Bett, das viel zu kurz für ihn war. Seine Füße ragten weit unter der Bettdecke hervor. Er hatte einen Verband um den Kopf und sah aus, als ob er schliefe.

»Gottfried?«, flüsterte Agnes.

Sofort machte der Spielmann die Augen auf und versuchte zu lachen, aber er brachte nur ein »Ohhhh! Au!« heraus und hielt sich den Kopf. Vorsichtig schob er sich ein bisschen höher auf seinem Strohsack, damit er die Kinder besser sehen konnte, und sagte matt: »Das ist aber nett von euch, dass ihr mich besucht!«

»Du siehst gar nicht gut aus. Was ist denn passiert?«, fragte Hannes leise.

»Wenn ich das wüsste!«, seufzte Gottfried. »Es fühlt sich an, als wäre mir aus heiterem Himmel ein Baum auf den Kopf gefallen!«

»Kannst du dich an gar nichts erinnern?«, fragte Agnes besorgt.

»Doch, ein paar Eindrücke und Bilder weiß ich noch. Besonders einen brennenden Schmerz, aber danach wird alles dunkel.«

»Und was war davor?«, fragte Hannes drängend. »Vor dem brennenden Schmerz, meine ich?«

»Also hört zu. Es war gestern Nacht. Ich war auf dem Weg nach Hause in die Burgschänke«, erzählte Gottfried. »Ich hatte beste Laune nach dem Vorfall mit dem Koch, denn mein Lied hat mir viele Münzen eingebracht.« Er sah Hannes an. »War der Koch noch sehr wütend auf dich?«

Hannes winkte ab. »Ja, aber das ist jetzt nicht so wichtig. Was war dann?«

»Plötzlich spüre ich, dass irgendjemand hinter mit ist. Ich hab ihn überhaupt nicht gehört. Es war beinahe nur wie ein Windhauch. Aber dann bekam ich einen Schlag auf den Kopf und erinnere mich noch an splitterndes Holz. Da hinten an der Wand liegen übrigens die Trümmer meiner Laute. Ich muss draufgefallen sein. Ich kann sie noch nicht einmal reparieren lassen, so kaputt ist sie! Wenn ich den Lump erwische!«

Gottfried ballte die Faust, aber gleich darauf zuckte er zusammen und hielt sich wieder den Kopf.

»Hast du gesehen, wer es war?«, fragte Jakob. »Oder hast du wenigstens eine Idee, wer es gewesen sein könnte?«

»Nein. Leider! Es ging alles so schnell. Aber . . . ich habe versucht, den Kerl zu packen, als ich hinfiel. Dabei habe ich ihm einen Pergamentfetzen aus der Hand gerissen. Dann war alles dunkel und als Nächstes weiß ich, dass mich zwei Stadtwächter auf einem Brett zum Kloster tragen und dass mein Kopf so wehtut, als wollte er platzen. Der Krankenbruder sagt, ich hätte noch mal Glück gehabt. Es ist nur eine dickte Beule und ich bin bald wieder in Ordnung.« Gottfried seufzte tief. » Hoffentlich hat er Recht! Ich will doch beim Kirschenfest spielen!«

»Hast du den Pergamentfetzen noch?«, fragte Jakob

und sah die anderen viel sagend an. »Vielleicht steht ein Name drauf.«

»Das wäre mehr Glück als Verstand«, murmelte Gottfried. »So weit ich mich erinnere, steckt er im Beutel in meinem Wams, da bei meiner Laute. Besser gesagt bei den traurigen Resten meiner Laute.«

Jakob ging das Wams holen. Als er es aufhob, sah er das Bleisiegel des Großhändlers Gieronimo, das Agnes beschrieben hatte. Er zuckte zusammen. Doch dann beschloss er, Gottfried einfach danach zu fragen.

»Hier ist dein Wams«, sagte er und reichte es dem Spielmann.

»Woher hast du denn das Bleisiegel?«, fragte er dann möglichst beiläufig und konnte spüren, wie Agnes und Hannes die Luft anhielten.

»Ist das nicht gut?«, fragte Gottfried lächelnd und strich stolz über das Siegel. »Ich habe es gestern Morgen unterwegs gefunden, als ich von der Burgschänke zum Marktplatz ging. Ein G für Gottfried und auch noch mit einem Krönchen, das hat mir gefallen. Gottfried, König der Spielleute! Das ist doch was! Komisch – ich hatte es schon wieder völlig vergessen!« Er sah die Kinder erstaunt an. »Warum grinst ihr plötzlich alle so breit?«, fragte er.

»Wir hatten schon befürchtet, du hättest was mit dem gestohlenen Pfeffersack zu tun«, erklärte Agnes ihm gleichzeitig erleichtert und schuldbewusst.

»Was? Ich?«, fragte Gottfried. Er fuhr hoch, um sich dann sogleich wieder stöhnend auf sein Lager sinken zu lassen »Wieso denn das?«

»Weil dieses Bleisiegel von dem Pfeffersack stammen muss«, sagte Hannes. »Er kommt vom Großhändler Gieronimo und der hat das G mit dem Krönchen als Zeichen.«

»Und als ich es gestern an deinem Wams gesehen habe ...«, fiel Agnes ein und lächelte Gottfried reumütig an.

»Da hast du gedacht, *ich* hätte den Sack gestohlen?«, fragte Gottfried ungläubig. »Du bist wirklich gut! Was soll ich denn mit einem Sack voll Körnern? Da würde sich doch jeder wundern! Außerdem bin ich ein ehrlicher Spielmann und kein Krämer!«

»Entschuldige ...«, murmelte Agnes.

Gottfried sagte nichts. Aber man sah ihm deutlich an, dass ihm der Verdacht der Kinder tief getroffen hatte.

»Wenn irgendetwas geschieht, dann sind es immer die Spielleute gewesen!«, sagte er nach längerem Schweigen bitter. »Erzähle ich euch was und singe ein lustiges Lied, ist alles in Ordnung. Aber Leuten wie mir ist es noch nicht einmal erlaubt, in der Stadt zu übernachten. Und geschieht ein Mord oder ein Diebstahl, bin ich sofort der Übeltäter. Der Lump gestern durfte mich nach dem Gesetz sogar niederschlagen, stellt euch das vor! Auch wenn wir seinen Namen wüssten, würde jeder Richter ihn freisprechen. Ich bin ja nur ein Spielmann, ein fahrender Gaukler!«

Er sah die zerknirschten Gesichter der Kinder vorwurfsvoll an. Dann lächelte er plötzlich.

»Ist schon gut!«, sagte er. »Wahrscheinlich hätte ich

mich an deiner Stelle auch verdächtigt, Agnes. Wenn ich mehr über das Bleisiegel gewusst hätte, dann hätte ich es gar nicht erst angesteckt.«

Während sie redeten, untersuchte er den Beutel und holte schließlich ein zerknittertes Stück Pergament heraus. Es war knisterndes, teures Pergament und an einem Ende in Fransen eingeschnitten. Jakob las vor, was man entziffern konnte.

Worum geht es und wem könnte die komplette Urkunde gehören?

8

Die große Beratung

Bruder Martinus kam an Gottfrieds Bett und schüttelte missbilligend den Kopf.

»Ihr müsst den Spielmann jetzt schlafen lassen«, sagte er. »Er braucht wirklich Ruhe und ihr wart schon viel zu lange da.«

Der Krankenbruder hatte Recht, Gottfried sah ganz blass aus.

Die Kinder verabschiedeten sich rasch.

»Nehmt den Pergamentfetzen mit!«, rief der Spielmann ihnen nach. »Und das Bleisiegel auch. Wenn ihr was herausbekommt, sagt mir sofort Bescheid. Ich muss doch meine Laute rächen!«

Jakob verstaute beides in dem Beutel an seinem Gürtel. Gottfried zwinkerte Agnes zu, die wegen ihres Verdachts immer noch bekümmert aussah, gähnte vorsichtig und rutschte tiefer unter seine Decke. Kaum hatte er die Augen geschlossen, da schnarchte er schon. Er musste wirklich sehr erschöpft sein.

Leise verließen die Kinder das Hospital. In der Tür drehte sich Agnes noch einmal um und sah Gottfrieds

Füße aus der Reihe Betten auf der rechten Seite hervorragen.

Gut, dass er sie verstanden hatte und zwischen ihnen wieder alles in Ordnung war! Sie hätte es nicht ausgehalten, wenn er ihr böse gewesen wäre.

»Geht ihr noch mit zu meinem Großvater?«, fragte Hannes die anderen. »Ich muss ihm sein Essen bringen.« Er sah sie bittend an. Nach all dem, was vorgefallen war, wollte er dem Großvater nur ungern allein unter die Augen treten.

»Ja, gut«, sagte Jakob. »Und wo hast du den Korb?«

»Den habe ich heute Morgen beim Pförtner gelassen, weil ich doch gleich zu euch gelaufen bin.«

Er erkundigte sich besorgt nach Gottfried, aber die Kinder beruhigten ihn.

»Er schläft jetzt«, berichtete Hannes. »Und er hat gesagt, es wäre nur eine Beule. Er ist bestimmt bald wieder in Ordnung.«

»Gott sei Dank!«, sagte Bruder Bernhard erleichtert. »Er ist so ein freundlicher Mensch.«

Bruder Bernhard gab Hannes den Essenskorb und die Kinder machten sich auf den Weg zum Kräutergarten hinter den Werkstätten.

Wie Hannes vermutet hatte, war Großvater Bertram tatsächlich dort. Den ganzen Tag untätig herumzusitzen war nichts für ihn und so half er Bruder Anselm bei der Pflege der Heilkräuter. Die beiden hatten sich von Anfang an gut verstanden, denn Bruder Anselm fand jemanden mit dem Namen Bertram geradezu wie geschaffen für die Kräuterpflege. Eines seiner Lieblings-Heilkräuter war nämlich die Bertramwurzel.

»Schaut Euch diese Blume mit den rosa Blüten an!«, hatte er sich begeistert. »Römischer Bertram! Er ähnelt der Margarite, aber seine Wurzel hat Heilkräfte! Gut gegen Magendrücken und Zahnschmerzen und ein wenig davon mit Öl vermischt auf Schläfen oder Nacken gerieben stärkt Herz und Kreislauf. Ein wahres Wunderwerk!«

Noch lange hatten die beiden über Kräuter gefachsimpelt und seitdem waren Bertram und Bruder Anselm unzertrennlich.

»Ach, wie schön!«, sagte Bertram, als er die Kinder sah. »Ihr kommt heute gleich zu dritt!«

Er saß auf einer Bank vor dem kleinen Holzhaus, in dem Bruder Anselm aus den Kräutern seine Arzneien herstellte, und winkte die Kinder mit erdigen Händen zu sich. Neben ihm auf dem Boden stand ein Korb voll Unkraut.

»Stell den Essenskorb doch ins Haus«, bat er Hannes. »Hier draußen ist es zu heiß dafür. Und ihr kommt einen alten Mann besuchen, obwohl Jahrmarkt ist?«, fragte er Agnes und Jakob lächelnd. Offenbar hatte er noch nichts von der Sache mit dem Pfeffersack gehört.

»Wir haben eigentlich Gottfried, den Spielmann, besucht«, erklärte Agnes. »Er liegt drüben im Hospital mit einer dicken Beule am Kopf.«

Hannes kam wieder aus dem Haus und setzte sich zu ihnen.

Großvater Bertram musterte seinen Enkel aufmerksam. »Was ist los mit dir, Hannes?«, fragte er. »Du bist so still! Hast du Ärger in der Burgküche?«

Hannes blickte Agnes und Jakob Hilfe suchend an und sie nickten ihm aufmunternd zu. Und so erzählte er seinem Großvater alles.

Bertram sah ihn ernst an. »Sag die Wahrheit, Hannes. Mein Enkel stiehlt doch nicht, oder?«

Hannes schüttelte nur wortlos den Kopf.

Da nahm Bertram ihn fest in den Arm und drückte ihn an sich.

Das war zu viel für Hannes. Die ganze Zeit hatte er sich zusammengenommen und gehofft, dass sie den Pfeffersack finden würden, damit er nicht mehr unter dem grässlichen Verdacht stünde. Er hatte die Beschämung ausgehalten, vor allen Leuten als Dieb beschimpft zu werden. Und er hatte Hugos Zorn ertragen, weil er lieber den wahren Dieb hatte finden wollen, als in die Küche zurückzugehen.

»Ich hab solche Angst, Großvater!«, würgte er hervor und begann zu weinen.

Bertram hielt Hannes fest an sich gedrückt und wiegte ihn, bis die Schluchzer leiser wurden. Agnes und Jakob strichen Hannes beruhigend über den Rücken. Agnes war so wütend darüber, was ihre Mutter angerichtet hatte, dass sie fast platzte. Adelgunde hätte doch wissen können, dass man in Erlenburg Gerüchte und Verdächtigungen nicht leichtfertig in die Welt setzte!

»Was können wir nur tun? Wir versuchen schon die

ganze Zeit, den wahren Dieb zu finden!«, sagte Agnes verzagt.

»Und nach der ganzen Sucherei haben wir jetzt nicht mehr als ein Bleisiegel und einen Pergamentfetzen«, sagte Jakob. Seine Stimme klang ungewohnt mutlos.

»Und ein Reisebündel, ein Salbentöpfchen und eine Pilgermuschel«, fügte Hannes schniefend hinzu. »Das macht doch alles keinen Sinn!«

»Nicht aufgeben, Hannes!«, sagte Bertram. »Es gibt immer einen Weg und den werden wir finden!«

Jakob holte das zerknitterte Stück Pergament aus seinem Beutel und zeigte es Bertram.

»Es ist von Graf Wilhelm, so viel steht fest«, sagte Bertram nach eingehender Prüfung und gab es Jakob zurück. »Leider wird kein weiterer Name erwähnt.«

»Das wär ja auch zu schön gewesen«, sagte Agnes. »Wir haben alles Mögliche gefunden, aber nichts passt zusammen, also hilft es auch nicht. Alles ist irgendwie durcheinander und richtig was herausgefunden haben wir eigentlich nicht!«

»Oh, ihr habt mehr herausgefunden, als ihr meint, glaub mir! Aber wisst ihr, was man macht, wenn alles durcheinander ist?«, fragte Bertram. »Man räumt auf! Das war so in unserer Schreinerwerkstatt und das ist auch so bei diesem Diebstahl. Jetzt erzählt doch mal schön der Reihe nach. Ich glaube, ihr habt nur etwas übersehen.«

Also trugen die Kinder noch einmal Punkt für Punkt zusammen, was sie wussten.

item: Hannes ist nicht der Dieb.

item: Der Pfeffer ist entweder nachts nach der Lieferung oder am nächsten Morgen gestohlen worden.

item: Nachts hat der Alte Franz einen bunt gekleideten Menschen am Hafen gesehen – vielleicht Gottfried, als er noch spät bei Matthes ankam?

item: Laut Zollmeister hat Matthes seine Waren vor dem Primläuten abgeholt.

item: Nach dem Primläuten sind die Knechte des Krämers Steinhaus und Köbes mit Jakob und Agnes zum Lagerhaus gegangen.

item: Benedikt hat vermutlich seine Pilgermuschel und ein Salbentöpfchen in der Toreiche verloren.

item: Falls Benedikt auch das Bündel mit den Salbentöpfchen aus dem Tunnel gehört, war er schon früher in der Stadt, als er gesagt hat.
Hat er etwas mit dem Diebstahl zu tun?
Warum lügt er sonst?

item: Matthes hat erzählt, dass Gottfried spät nachts in der Burgschänke angekommen ist. Er hätte also vorher den Pfeffer stehlen können. Und er hatte das Bleisiegel am Wams. Dagegen spricht, dass er niedergeschlagen worden ist und eine glaubhafte Erklärung für das Bleisiegel hat.

»Das war's«, sagte Agnes.

»Nein, nein«, widersprach Bertram. »Vergesst das Pergament nicht! Lies es bitte noch mal vor, Jakob.«

»Unserem hochgeschätzt... vileg zum Tragen bu... nicht standesgemä... Gegeben zu Erl... Graf Wilh«, las Jakob.

»Hmm!«, machte Bertram. »Was haltet ihr davon: Es ist ein Fetzen von einer Urkunde. Das sieht man am Pergament. Sie könnte Hugo gehören und ihm das ›Privileg zum Tragen bunter Kleidung‹ zusichern, obwohl es ›nicht standesgemäß‹ ist.«

»Aber dann hätte Hugo ja Gottfried niedergeschlagen!«, rief Hannes. »Und wir hätten noch einen Punkt:

item: Was hat Gottfried getan, dass Hugo ihn niederschlägt? An dem Lied mit dem Frosch kann es ja wohl nicht liegen!«

»Wütend genug war Hugo aber!«, entgegnete Agnes.

»Und es gibt noch eine Frage!«, sagte Jakob. »Nämlich die:

item: War Hugo vielleicht der bunt gekleidete Mensch nachts am Hafen, den der Alte Franz gesehen hat?«

»Nein«, widersprach Agnes. »Das kann nicht sein. Er darf doch seine elegante Kleidung nur beim Kirschenfest anziehen. Und das ist erst morgen.«

»Das ist Hugo doch egal!«, rief Jakob. »Vielleicht hat er sie ja auch nur mal anprobiert!«

»Das wäre keine gute Idee von ihm«, sagte Großvater Bertram. »Eine Vergünstigung kann auch wieder rückgängig gemacht werden. Und das will Hugo bestimmt nicht, denn dazu ist er zu eitel!«

»Und was machen wir jetzt?«, fragte Agnes.

Die Kinder sahen Bertram erwartungsvoll an. Der wiegte den Kopf hin und her und sagte dann: »Wenn ihr mich fragt, dann solltet ihr euch als Erstes mal um diesen Benedikt kümmern. Ich glaube allerdings, dass er nichts mit dem Diebstahl zu tun hat. Woher hätte er denn von dem Pfeffer wissen sollen? Aber ihr solltet trotzdem herausfinden, was er verheimlicht!«

»Das wird er uns aber nicht sagen«, meinte Agnes. »Warum sollte er das tun?«

»Wenn Köbes dabei ist, wird er schon mit der Wahrheit herausrücken müssen, glaubt mir. Köbes wird auch wissen wollen, was mit ihm los ist, wenn er eure Geschichte hört.«

»Meinst du, er hat vielleicht den Pfeffersack irgendwo versteckt?«, fragte Hannes hoffnungsvoll.

»Nein, mein Junge.« Bertram schüttelte den Kopf. »Das glaube ich eigentlich nicht. Es muss irgendetwas anderes sein. Fragt ihn einfach. Vielleicht könnt ihr ihn dann von der Liste streichen.«

»Aber wer kann den Pfeffersack nur haben?«, fragte Agnes. »Mein Vater macht sich ziemliche Sorgen.«

»Überlegt doch mal, wer davon gewusst hat. Auf der Liste ist Gottfried, aber ihr glaubt ja inzwischen nicht mehr so recht daran. Außerdem hat er nichts von dem Pfeffer gewusst, genauso wenig wie der Pilger. Und dann ist da noch Köbes.«

»Mein Vater doch nicht!«, rief Jakob empört. »Dann hätte ich den Pfeffer auch gleich selbst stehlen können!«

»Nein, nein«, lachte Bertram, »das ist wirklich sehr unwahrscheinlich. Und was ist mit euren Knechten, Agnes?«

»Sie sind schon so lange bei uns«, antwortete Agnes. »Vater vertraut ihnen. Ich glaube nicht, dass sie es waren.«

»Nein, dann eher nicht.« Bertram schüttelte den Kopf. »Wenn man schon seinen eigenen Knechten nicht mehr vertrauen könnte, sähe es schlecht aus. Aber welcher Schiffer hat eigentlich die Lieferung gebracht?«

»Klaus«, sagte Hannes. »Aber der würde nichts stehlen. Die Zunft der Schiffer wirft ihn dann raus.« Er erinnerte sich gut daran, wie empört Klaus schon allein bei dem Gedanken gewesen war, er könnte jemanden betrügen.

»Er hätte bestimmt den Pfeffer auch gar nicht erst ausgeladen«, sagte Agnes, »sondern einfach gesagt, es gäbe keinen.«

»Das stimmt auch wieder«, sagte Bertram. »Dann bleibt noch Matthes, der morgens schon vor euch bei den Lagerhäusern war.«

»Matthes war's auch nicht!« Jakob schüttelte den Kopf. »Der würde so was nie tun.«

»Wer weiß?«, fragte Bertram. »Ganz ausschließen kann man das nie. Man kann schließlich nicht in Menschen hineinsehen. Also fragt ihn auch. Warum sollte er die Gelegenheit nicht genutzt haben?«

»Und was ist mit Hugo?«, fragte Agnes. »Der ist auch auf unserer Liste!«

»Der hat mich doch vor allen Leuten als Dieb beschimpft!«, sagte Hannes empört. »Und als wir wieder in der Burgküche waren, ging es noch mal los. Ich würde ein schlechtes Licht auf seine Küche werfen, hat er gesagt, und das ausgerechnet vor dem Kirschenfest. Also ich glaube nicht, dass er es war.«

»Aber wenn wir Recht haben, dann gehört der Urkundenfetzen wirklich ihm«, warf Jakob ein, »und er hat auf jeden Fall Gottfried niedergeschlagen. Warum hat er das bloß getan?«

»Du hast es doch von Gottfried gehört«, sagte Agnes. »Es hat keine Folgen für ihn, wenn er einen Spielmann niederschlägt. Vielleicht hat er sich doch so über das Froschlied geärgert.«

»Du solltest auf jeden Fall auf ihn aufpassen, Hannes«, sagte Bertram, »wenn ihr in der Küche arbeitet. Vielleicht fällt dir was auf. Und wenn es tatsächlich Hugo war, der den Pfeffer gestohlen hat, wird er ihn früher oder später auch benutzen wollen. Warum sollte er ihn sonst stehlen?«

»Ach du je! Hugo!«, rief Hannes. »Ich muss ja zurück in die Küche!«

»Richtig! Sei jetzt besonders pünktlich und aufmerksam und reize Hugo nicht mehr! Und Hannes, denk daran: Du und ich, wir haben schon ganz andere Dinge gemeistert!«

Bertram drückte seinen Enkel noch einmal an sich

und Hannes lächelte ihn tapfer an. »Jetzt aber schnell! Und vergesst nicht, mir zu erzählen, was ihr herausfindet!«

Die Kinder bedankten sich bei Bertram für seine Hilfe, verließen das Kloster und liefen über die Lange Gasse zurück zum Markt. Hannes war aufgewühlt. Großvater Bertram war ein starker Mann und hatte in seinem Leben schon viel gesehen. Aber auch er würde nichts für ihn tun können, wenn sie den wahren Dieb nicht fanden. Hannes fühlte sich sehr einsam, obwohl so viele Menschen versuchten, ihm zu helfen.

»Also Benedikt und Matthes als Nächstes«, sagte Agnes.

»Ja, aber das geht erst morgen früh«, antwortete Jakob. »Ich muss heute Nachmittag meinem Vater in der Schänke helfen. Das hab ich ihm versprochen.« Er winkte seinen Freunden zu und verschwand in den »Drei Kronen«.

Hannes hatte denselben Weg wie Agnes und so gingen die beiden weiter über den Markt an der Kirche vorbei bis zum Haus des Krämers. Der Töpfer an der Kirche hob seine Kiepe mit den in Stroh verpackten Töpfen und Krügen auf den Rücken. Er nickte dem Korbflechter und dem Bürstenmacher zu, mit denen er sich während des Marktes angefreundet hatte. Er hatte beschlossen, noch am selben Tag weiterzuziehen. Wenn am nächsten Morgen hier die Tische für das Fest aufgestellt würden, wollte er nicht mehr im Weg sein.

Ein Schuster verkaufte einem elegant gekleideten Bürger ein Paar weiche Lederstiefel. Neben ihm schnitt ein Schneider ein Wams aus wunderschönem blauem Stoff zu. Sein Gehilfe passte währenddessen auf kostbar gefärbte Stoffe und passende Knöpfe aus Horn, bemaltem Holz, Halbedelsteinen und Silber auf, die viele Kunden anlockten.

Am Karren des Garbräters aßen hungrige Marktbesucher jetzt um die Mittagszeit Fleischspießchen und gebratene Fische. Ein kluger Bäcker hatte seine Brotkörbe gleich daneben gestellt. Sein Brot fand reißenden Absatz.

Am Seiteneingang der Kirche standen Tisch und Stuhl eines Schreibers. Er nahm die Bestellungen derer auf, die nicht lesen und schreiben konnten: einen Kaufvertrag über ein Haus, den man vor dem Rat der Stadt natürlich schriftlich haben musste, und die Aufstellung des Hausrats für ein Testament.

An der Ecke gegenüber dem Krämerhaus stand ein Übeltäter am Pranger. Um seinen Hals lag ein eiserner Ring, der mit einer Kette an der Hauswand befestigt war, und seine Hände waren gebunden. Er konnte nichts dagegen tun, dass Kinder und Erwachsene ihn verspotteten, mit Schmutz und fauligem Gemüse bewarfen und manche ihn sogar bespuckten. Er war selbst schuld, denn er hatte gegen das Marktrecht verstoßen. Der Käse, den er verkauft hatte, war ihm in den Abfallhaufen des Fischhändlers neben seinem Stand gefallen, aber er hatte ihn, verdorben wie er war, trotzdem angeboten. Eine Kundin beschwerte sich daraufhin beim Marktrichter und der machte kurzen Prozess mit ihm. Er ließ ihn für den Rest des Tages am Pranger stehen.

Hannes und Agnes gingen an all dem vorbei, ohne es wirklich zu sehen. Ihre Gedanken kreisten immer noch um den Pfefferdieb.

»Morgen kann ich unmöglich aus der Küche weg«, sagte Hannes kleinlaut zu Agnes. »Wegen des Festessens. Ihr müsst die Sache mit Benedikt alleine klären.« Er seufzte. Hoffentlich nutzte das Ganze etwas und der Pilger war der Dieb!

Agnes nickte. »Halt die Augen auf und lass dich nicht unterkriegen!«, rief sie ihm zu und lief ins Haus, um ihrem Vater zu berichten, was sie bisher herausgefunden hatten.

Hannes ging allein hinauf zur Burg. Vielleicht hatte er Glück und Hugo würde gar nicht merken, dass er wieder zu spät kam!

Warum hat Hugo
Hannes' Verspätung
nicht bemerkt?

9

Benedikt redet

Am nächsten Morgen, dem Morgen des Kirschenfestes, war Agnes schon früh auf den Beinen. Sie öffnete leise ihre Zimmertür und lauschte. Ihre Mutter schnarchte noch gegenüber im Schlafzimmer der Eltern. Gut! Adelgunde hatte ihrer Tochter angedroht, ihr zur Feier des Tages die Haare in festen Zopfschnecken auf dem Kopf festzustecken und mit Bändern zu verzieren. Das tat weh und konnte getrost warten! Unten im Haus sprach ihr Vater mit der Magd und dann hörte Agnes, wie die Haustür zufiel. Jetzt oder nie. Sie nahm einen großen Korb, schlich geräuschlos die Treppe hinunter und huschte durch die Haustür hinaus auf den Marktplatz.

Vor ihrem Haus packten die Händler schon ihre Waren zusammen, damit die langen Tische für das Fest aufgestellt werden konnten. Also lief Agnes an der anderen Seite der Kirche und dann am Marktbrunnen vorbei, wo wie jeden Morgen die Knechte und Mägde zum Wasserholen anstanden.

Zur selben Zeit trug Jakob seine Schale mit Hirsebrei

aus der Küche in den Schankraum und setzte sich zu seinem Vater. Benedikts Anwesenheit schien ihm nichts mehr auszumachen. Köbes sah seinen Sohn erfreut an. Jakob plauderte so höflich und freundlich mit Benedikt, wie der Wirt es seinem Sohn gar nicht zugetraut hätte. Er würde tatsächlich einmal ein guter Nachfolger für ihn werden! Köbes lächelte zufrieden.

Da betrat Agnes den Schankraum und blickte verschwörerisch zu Jakob hinüber. Köbes sah erstaunt auf.

»Nanu, Agnes!«, rief er. »Was machst du denn hier? Ich denke, ihr macht euch alle fein für das Kirschenfest?«

»Ach, das hat doch noch Zeit!«, sagte Agnes ausweichend. Sie holte das Reisebündel, das sie im Tunnel gefunden hatten, aus dem Korb und legte es auf den Tisch.

Die Wirkung war beeindruckend. Benedikt zuckte zusammen und wurde blass. In dem Moment zog Jakob das Steintöpfchen und die Pilgermuschel von der Toreiche aus seinem Beutel und legte sie neben das Bündel.

»Was sind denn das für Sachen?«, fragte Köbes überrascht. »Und wo habt ihr sie her?«

»Die haben wir gefunden«, sagte Jakob.

»Ja, und wo?«, fragte Köbes wieder.

»Es ist schon gut«, sagte Benedikt. »Sie gehören mir und ich bin froh, dass ich sie wiederhabe. Danke, ihr beiden.«

Damit griff er nach dem Bündel und zog es über den Tisch zu sich heran.

»Ach, hattest du dein Reisebündel auch verloren?«, fragte Köbes ihn arglos. »Ich dachte, nur die Pilgermuschel.«

Er nahm die Muschel in die Hand und betrachtete sie von allen Seiten.

»Wenn man sich vorstellt, dass da ein Tier drin lebt ... und auch noch unter Wasser ... unbegreiflich!«, sagte er.

»Ja, ja«, sagte Benedikt ungeduldig. »Und es ist sehr gut, dass ich jetzt auch meine Labkrautsalbe wiederhabe. Ich brauche sie für meinen Fuß. Sie ist gut gegen Entzündungen und Schürfwunden.«

Er streckte die Hand aus und bewegte die Finger, damit Jakob ihm das Salbentöpfchen reichte.

»Wollt Ihr nicht zuerst wissen, wo wir die Sachen gefunden haben?«, fragte Agnes.

»Nein, das ist nicht wichtig.« Benedikt schüttelte den Kopf. »Hauptsache, sie sind wieder da.«

Er bewegte wieder die Finger. Aber Jakob legte seine Hand langsam auf das Salbentöpfchen und sah Benedikt fest in die Augen. Der Pilger erwiderte seinen Blick und hielt ihm stand. Köbes sah verblüfft von einem zum anderen und rief schließlich: »Ja zum Kuckuck, was ist hier los? Nun gib ihm doch seine Salbe, Jakob! Warum stellst du dich so an?«

»Ich möchte wissen, warum er nicht neugierig ist, wo die Sachen waren.«

Benedikt schüttelte den Kopf. Man sah ihm an, dass er sich nur mühsam davon zurückhalten konnte, Jakob die Salbe einfach abzunehmen.

»Es interessiert mich nicht im Geringsten. Ich sagte ja schon: Hauptsache, die Sachen sind wieder da!«, knurrte er ungehalten.

»Jetzt will ich aber wissen, was das Ganze hier soll!« Der sonst so gutmütige Köbes wurde allmählich böse. »Wo war das Salbentöpfchen, Jakob?«

»Zusammen mit der Muschel in der Toreiche.«

»Es ist nicht verboten, in der Toreiche etwas zu verlieren!«, sagte Benedikt gereizt.

»Nein, natürlich nicht«, stimmte Köbes zu. »Was soll das also, Jakob?«

Agnes kam Jakob zu Hilfe. »Das Bündel war aber nicht in der Toreiche, sondern im Tunnel kurz vor unserem Kellereingang«, sagte sie.

Benedikt sah sie feindselig an. Das entging auch Köbes nicht.

»Wollt ihr etwa sagen ...«, begann der Wirt und schlug sich dann an die Stirn. »Lieber Gott, der Pfeffersack! Natürlich! Und ihr meint jetzt, Benedikt hat etwas damit zu tun?«

Die Kinder nickten.

»Also, Benedikt«, sagte Köbes, »was hast du dazu zu sagen? Warum verstreust du deine Sachen in der ganzen Stadt?«

»Erspare mir die Erklärung«, bat Benedikt.

»Nein, nein«, sagte Köbes. »Jetzt wird hier reiner Tisch gemacht. Schließlich wohnst du unter meinem Dach und wir haben einen Dieb in der Stadt. Die Sache mit dem Pfeffersack ist kein Spaß, Benedikt! Also sprich!«

Benedikt wand sich unter dem auffordernden Blick, mit dem Köbes ihn ansah. Aber dann fing er doch an zu erzählen.

»Ich bin kein Pilger. Ich musste aus einer Stadt nicht weit von hier fliehen und auf die Schnelle hatte ich keine bessere Verkleidung«, gestand er leise.

Jakob und Agnes sahen sich viel sagend an.

»Aber ich schwöre, ich weiß nichts von einem Pfeffersack!«, fügte Benedikt schnell hinzu. »Ich hab schon so genug Schwierigkeiten.« Er seufzte. »Was ist mit dem Sack?«, fragte er nach einer kurzen Pause.

»Er wurde meinem Vater gestohlen«, erklärte Agnes.

»Weiter«, drängte Köbes. »Warum musstest du fliehen?«

Benedikt sah ihn müde an und seufzte wieder.

»Ich bin ein Quacksalber«, gestand er schließlich. »Ich verkaufe meine Kräutersalben auf dem Jahrmarkt und mache ein gutes Geschäft dabei.«

»So weit, so gut«, sagte Köbes. »Das ist ja an sich nichts, für das man sich verstecken müsste. Hier auf dem Markt ist auch so einer. Er schreit den ganzen Tag, man solle seinen Pillen gegen Zahnschmerzen kaufen. Der Barbier hat nur ein Lächeln für ihn übrig, aber zu fliehen braucht er darum noch lange nicht. Also, warum musstest du fliehen?«

»Verkauft Ihr auch Kampfersalbe?«, mischte sich Agnes ein. Sie erinnerte sich noch genau daran, was Hannes über die Salbentöpfchen im Bündel erzählt hatte.

»Ja, ihr habt sie sicher gefunden, oder?«, fragte Benedikt und klopfte auf sein Reisebündel. »Hoffentlich habt ihr sie nicht benutzt!«

»Nein, nein«, sagte Jakob. »Was ist damit?«

»Man würde es euch sonst auch ansehen. Ja, wegen der Salbe musste ich fliehen, obwohl es eine wunderbare Salbe ist. Sie kühlt und beruhigt bei juckenden Mückenstichen, ist gut gegen Gelenkschmerzen, und Kopfläuse fliehen vor ihrem Geruch. Eigentlich hatte ich ein gutes Geschäft erwartet, jetzt, wo jeder unter Mückenstichen leidet. Aber leider habe ich bei der Zusammensetzung etwas falsch gemacht. Jedes Kraut und Pulver, das heilen kann, ist auch gefährlich und giftig, wenn man zu viel davon nimmt.«

Benedikt war wie verwandelt. Seitdem er erzählte, was ihm passiert war, wirkte er längst nicht mehr so unsympathisch. Man konnte sich gut vorstellen, wie er seine Salben anbot und die Käufer beriet.

»Ja, und dann ist mir ist dieser unverzeihliche Fehler passiert.« Benedikt stockte und fuhr sich mit der Hand über das Gesicht. »Aber als ich die Salbe verkauft habe, wusste ich das natürlich nicht! Ich habe einfach zu viel Kampfer hineingegeben und am nächsten Tag hatten die Leute einen fürchterlichen Hautausschlag. Der Pilger, mit dem ich mir ein Zimmer geteilt habe, hat mich gewarnt, dass man mich schon suchte. Er hat mir gegen mein letztes Geld seinen Hut und Umhang überlassen und da habe ich mich als Jakobspilger davongeschlichen, weil ich Angst hatte, am Pranger zu landen.«

Jakob nickte. Das konnte er nur zu gut verstehen. Aber für Agnes war der Fall noch nicht erledigt.

»Und was machen die Leute mit dem Ausschlag jetzt?«, fragte sie. »Ihr habt sie einfach im Stich gelassen?«

»In der Stadt gibt es einen ausgezeichneten Apotheker. Er weiß, was zu tun ist«, antwortete Benedikt schroff, aber man sah ihm an, dass er betroffen war.

»Das ist keine schöne Geschichte«, sagte Köbes streng, »und sie erklärt auch nicht, was du in der Toreiche und im Tunnel zu suchen hattest.«

»Erlenburg war die nächste Stadt. Ich war zwar lange nicht mehr hier, aber ich hoffte, dass du mir helfen würdest. Und außerdem fiel mir der Juli-Markt ein. Bei dem Gedränge in der Stadt fällt ein Fremder mehr oder weniger nicht auf. Hier kennt mich ja niemand mehr außer euch!«

»Stimmt, du hast dich ziemlich verändert. Aber sag bloß, du wolltest hier auch deine Ausschlagsalbe verkaufen?«, fragte Köbes entrüstet.

»Natürlich nicht«, antwortete Benedikt gekränkt. Er war als Quacksalber nie nach Erlenburg gekommen, weil er fürchtete, doch erkannt zu werden. Der Sohn von Markus, dem Schmied, als Marktschreier! Die Tratscherei hätte kein Ende genommen. »Und zu deiner Beruhigung«, fügte Benedikt hinzu, »die Salbe muss ich nur mit Fett strecken, bis das Verhältnis wieder stimmt, dann ist sie wirklich gut. Aber zur Sicherheit probiere ich sie dann noch an mir selbst aus. Kampfer ist ein teures Pulver, das kann man nicht einfach so vergeuden! Nein, ich wollte mich nur hier bei dir in Sicherheit bringen.«

Benedikt hatte sich also beeilt, noch bevor die Stadttore schlossen, in Erlenburg zu sein. Aber kurz vor der Stadt war er über eine Wurzel gestolpert und hingefallen. Dabei hatte er sich den Fuß umgeknickt und aufgeschürft und war natürlich zu spät gekommen. In der Toreiche hatte er sich dann einen Verband um den Fuß gemacht und gewartet.

»Worauf gewartet?«, fragte Köbes. »Du hättest doch einfach dort schlafen können wie andere auch.«

»Und dann fröhlich mit Marktbesuchern von überall her vor dem Stadttor warten, bis es öffnet? Wenn man herumsteht, reicht der Pilgerhut nicht als Tarnung! Und manche kratzen sich auch noch den Ausschlag von meiner Salbe und erkennen mich vielleicht wieder? Ich bin doch nicht verrückt!«

Benedikt hatte sich etwas anderes überlegt. Er hatte gewartet, bis es ganz dunkel geworden war, und war dann außen am Kloster und an der Stadtmauer vorbei bis zur Mühle gehumpelt. Ihm war ein unbewachter Tunnel am Talbach eingefallen, wo er mit Köbes als Kind öfter gewesen war. Köbes musste laut lachen, als Benedikt ihn an all den Unsinn erinnerte, den sie dort angestellt hatten.

Jakob und Agnes hörten aufmerksam zu. Den Eingang kannten sie ja gar nicht! Er wurde auch schon lange nicht mehr benutzt, aber Benedikt hatte ihn offenbar trotzdem wieder gefunden. Er musste zwar mit seinem Verband durch den Talbach waten und sein Bündel war ihm auch hineingefallen, aber er fand den zugewachsenen Eingang doch. Und er wusste auch noch, wie man hineinkam und von da aus in das Tunnelsystem unter der Stadt.

»Da muss ich dann mein Bündel verloren haben. Aber wie gut, dass wir so oft in den Tunneln gewesen sind, Köbes! Ich hatte keine Mühe, mit meiner Kerze deine Kellertür zu finden. Und sie war auch noch offen!«

»Stimmt«, sagte Köbes, »ich hatte sie nachts noch aufgeriegelt, weil wir vorgestern Morgen direkt zum Hafen mussten. Der Zollmeister wartet nicht gerne. Das werde ich jetzt aber nicht mehr so leichtfertig tun!«, lachte er dann und schüttelte den Kopf. »Wer rechnet schon damit, dass Einbrecher den Talbacheingang kennen!«

Benedikt war schließlich in den Keller geschlichen, um einen günstigen Moment abzuwarten und sich einfach als Gast in die Schänke zu setzen. Er konnte sich erinnern, dass er gegen ein paar Kisten gestoßen war. In der Stille machten sie ein fürchterliches Getöse, aber danach blieb alles ruhig.

»Peters Teufel!«, grinste Jakob.

»Gut, dass es kein echter Teufel war!«, meinte Köbes. »Da hast du dich aber schön erschrocken, was, Benedikt? Geschieht dir recht. Und was hast du jetzt vor?«

»Ich würde gerne noch einen Tag hier bleiben. Die Jakobspilger wollen morgen nach der Messe weiterziehen und ich schließe mich an bis zur nächsten Stadt. Mein Fuß ist schon wieder ganz in Ordnung. Und jetzt, wo ich meine Labkrautsalbe wiederhabe, wird er schnell verheilen.«

»Gut, du sollst noch einen Tag haben«, sagte Köbes. »Aber dann geh wirklich mit den Pilgern fort, bis Gras über die Sache gewachsen ist. Du bist ja ein richtiger Gauner!«

Benedikt nickte kleinlaut mit dem Kopf. Er tat Agnes schon fast leid. Sie glaubte ihm, dass er über die Auswirkungen seiner Salbe betroffen war, und auch, dass er von dem Pfeffersack nichts wusste.

»Komm, Jakob«, sagte sie, »wir müssen noch mal kurz zu Matthes in die Burgschänke.«

Jakob verstand sofort. Er sah seinen Vater fragend an, aber der nickte mit dem Kopf.

»Nun geht schon«, sagte er, »und grüßt Matthes von mir!«

»Glaubst du ihm?«, fragte Jakob, als sie wieder den Umweg am Marktbrunnen und an der Kirche vorbei zur Burggasse gingen.

»Ja«, sagte Agnes bestimmt. »Er ist ein Quacksalber, aber er hat mit dem Pfeffersack nichts zu tun.«

»Ich glaube ihm auch«, sagte Jakob. »Und es ist so, wie Großvater Bertram es gesagt hat.«

»Hoffentlich behält Bertram bei Matthes nicht Recht«, überlegte Agnes. »Ich mag Matthes.«

»Das werden wir gleich wissen. Fragt sich nur, wie wir es am besten anfangen.«

Agnes lächelte verschmitzt und hob ihren Korb hoch.

»Hier drin sind ein paar Gewürze, die Matthes für seine Küche bei Vater bestellt hat. Die gebe ich ihm und dann werden wir schon sehen.«

Als sie aus der Burggasse auf den freien Platz vor der Burg traten, hatten sich schon die ersten Erlenburger die besten Zuschauerplätze gesichert. Am Mittag sollte hier das Kirschkern-Weitspucken stattfinden. Wer seinen Kern am weitesten spuckte, würde Kirschenkönig sein und beim Festessen sogar am Hohen Tisch des Grafen Wilhelm sitzen dürfen.

Jakob und Agnes gingen durch die kleine Pforte in der Stadtmauer, die zur Burgschänke führte. Das lang gestreckte Fachwerkhaus hatte zwei Stockwerke. Im unteren Stock waren der Schankraum, die Küche und die Vorratslager, im oberen Stockwerk konnten Gäste Zimmer mieten. Während des Juli-Markts wohnten die Gaukler und Spielleute hier. In der übrigen Zeit beherbergte die Burgschänke Reisende, manchmal auch hochgestellte Gäste, die abends spät vor der Stadt ankamen und eine Unterkunft brauchten, bis am nächsten Morgen die Stadttore wieder geöffnet wurden.

Über einen großen Innenhof mit Brunnen und Tränke kam man zu den Ställen, denn auch die Pferde und Maultiere der Reisenden mussten versorgt werden. Dafür hatte Matthes zwei Stallknechte eingestellt, die sich aber im Moment kaum zu den Ställen trauten. In einem abgeteilten Verschlag hatte der Bärenführer nämlich seinen Bären untergebracht. Er war ein friedliches Tier und schon lange an sein Leben auf Marktplätzen gewöhnt.

Trotzdem hatten die Stallknechte sich geweigert, ihn mit frischem Stroh und Futter zu versorgen. Aber der Bärenführer hätte es auch gar nicht zugelassen, dass jemand anders außer ihm den Bären versorgte.

»Da ist Gottfried!«, rief Jakob und rannte mit Agnes das letzte Stück bis zur Schänke.

»Welch hoher Besuch!«, sagte Gottfried fröhlich.

Er hatte immer noch einen Verband um den Kopf, aber er sah schon besser aus und konnte wenigstens wieder lachen.

»Wieso bist du nicht mehr im Hospital?«, fragte Jakob erleichtert.

»Ja, meinst du, ich lasse mir das Kirschenfest entgehen? Ich habe Bruder Martinus so lange in den Ohren gelegen, bis er endlich gesagt hat, ich dürfe gehen. Obwohl ich ohne Laute ganz schön dumm dastehe. Ich bin schließlich Spielmann! Und was macht ihr hier? Jagt ihr immer noch den Pfefferdieb?«

»Wir haben Gewürze für Matthes«, sagte Agnes und zeigte auf ihren Korb.

»Dann haben wir ja denselben Weg.« Er verbeugte sich vor Agnes wie vor einem Ritterfräulein und wies auf Matthes' Schänke.

»Nach Euch, edle Dame«, sagte er, öffnete die Tür und sie gingen hinein.

»Gottfried!«

»Wo?«

»Wie siehst du denn aus?«

Von allen Seiten kamen die Rufe der Gaukler und

Spielleute, die bei Matthes wohnten. Sie saßen auf den Bänken, redeten, lachten, kauten dabei ihr Essen und tranken Honigwasser, Milch, Wein oder Bier dazu. Sie mussten sich für den anstrengenden Nachmittag stärken, denn sie hatten von Graf Wilhelm den Auftrag, beim Festessen die Gäste zu unterhalten.

Agnes und Jakob sahen sich mit großen Augen um. Da saß der Seiltänzer und biss herzhaft in eine gebratene Hähnchenkeule. Der Bärenführer hob seinen Bierhumpen und prostete Gottfried zu. Wahrsagerinnen, Akrobaten, Zauberer, Puppenspieler, Sänger, Pantomimen und Jongleure – alle saßen sie da wie ganz alltägliche Menschen und doch beherrschte jeder von ihnen eine Kunst, die ihr Publikum verzauberte, begeisterte und mitriss.

»Ja, das ist mein Gauklervolk!«, rief Matthes lachend den Kindern über den Lärm zu und beschrieb mit einem Arm einen weiten Halbkreis durch seinen Schankraum. Er kam hinter seiner Theke hervor und klopfte Gottfried auf die Schulter.

»Du hast uns einen ganz schönen Schrecken eingejagt! Geht es dir besser?«

»Ja, nur meine Laute ist zerbrochen. Ich bin draufgefallen«, antwortete Gottfried. »Es sieht schlecht aus mit dem Geldverdienen und das ausgerechnet beim Kirschenfest!«

»Du kannst dir für heute meine Laute ausleihen!«, rief ein Spielmann. »Ich nehme dann meine Fidel.«

»Du leihst mir wirklich deine Laute?«, fragte Gottfried strahlend. »Aber du musst darauf gefasst sein, dass du sie nicht wiederbekommst. In letzter Zeit pflege ich auf Musikinstrumente zu fallen. Das halten die nicht aus!«

»Spaßvogel!«, lachte der Gaukler. »Setz dich zu uns und erzähl, was dir geschehen ist.« Er klopfte auf einen freien Platz auf der Bank.

Gottfried nickte den Kindern zu und setzte sich.

»Katharina!«, rief Matthes. »Etwas zu essen für Gottfried und einen Becher Wein dazu!«

Die Magd erschien kurz in der offenen Küchentür, winkte Gottfried lächelnd zu und verschwand wieder zu ihren Töpfen, um ihm etwas besonders Leckeres zu bringen.

»Und was möchtet ihr?«, fragte Matthes die Kinder.

»Ich bringe dir deine Gewürze, Matthes«, sagte Agnes und reichte ihm den Korb. »Bis auf den schwarzen Pfeffer ist alles hier drin.«

»Der schwarze Pfeffer!«, rief Matthes. Er nahm ihr den Korb ab und stellte ihn auf die Theke. »Macht nichts, ich brauche ihn nicht so dringend. Aber wisst ihr eigentlich etwas Neues über den gestohlenen Sack?«

Jakob schüttelte wortlos den Kopf.

»Es wird höchste Zeit, dass die Sache sich aufgeklärt!«, sagte Matthes. »Hannes läuft mit einem Gesicht wie drei Tage Regenwetter herum. Er tut mir so leid!«

»Er hat schreckliche Angst, weil alle ihn für den Dieb halten«, sagte Agnes. »Er war es aber nicht. Hannes stiehlt nicht.«

»Nein, völlig ausgeschlossen!«, sagte Matthes überzeugt. »Er ist so ein netter Junge. Es ist nicht leicht für ihn, so ganz ohne Eltern, trotzdem ist er immer freundlich und hilfsbereit. Als meine Weinlieferung vor ein paar Tagen kam, hat er auch sofort angeboten, mir morgens mit den Fässern zu helfen. Schon vor dem Primläuten kam er zu mir, aber ich habe abgelehnt. Diese Arbeit wäre zu schwer für ihn gewesen. Zum Glück habe ich Hugo unterwegs getroffen und der hat mir geholfen.«

Großes Gelächter unterbrach Matthes. Die Gaukler klatschten einem Pantomimen Beifall, der sich lachend verbeugte.

»Genauso war es neulich nachts!«, rief eine Akrobatin und wischte sich die Lachtränen aus den Augen.

Agnes und Jakob sahen sich fragend an.

Der Pantomime machte weiter mit seiner Vorführung. Er stolzierte auf und ab. Dann hielt er einen unsichtbaren Hut fest, ging leicht in die Knie und beugte seinen Oberkörper nach vorne. Lautlos tat er so, als redete er mit jemandem, der viel kleiner war als er. Er richtete sich wieder auf und stakste weiter.

»Das gibt's doch gar nicht!«, grinste Jakob plötzlich. »Das ist doch ...!«

Plötzlich schien der Pantomime etwas auf dem Boden liegen zu sehen. Er war empört, verzog angewidert das Gesicht und sprang mit einem kleinen Hopser darüber hinweg.

»Wie vorgestern auf dem Marktplatz!«, kicherte Agnes.

»Ach du je!« Matthes schüttelte den Kopf, aber er musste doch lachen. »Sie machen sich ja schon wieder über den Armen lustig! Sie saßen schon alle hier, als er vor ein paar Tagen nachts noch kam. Er war so stolz auf seine neuen Beinlinge und sein farbenprächtiges Wams für das Kirschenfest, dass er sie mir einfach vorführen musste!« Matthes grinste.

»Aber«, fuhr er fort, »er ist nun mal ein Meister seines Fachs und ich gönne ihm seine Vergünstigung durch den Grafen.«

Jakob und Agnes warfen noch einen letzten Blick auf den Pantomimen. Er hatte sich unter viel Gelächter und Beifall wieder hingesetzt und prostete seinem Publikum zu. Die Kinder verabschiedeten sich von Matthes und Jakob bestellte noch schnell den Gruß seines Vaters.

Draußen flüsterte er: »Agnes, hast du es auch gehört? Ich glaube, ich weiß jetzt, wer der Dieb ist!«

Agnes nickte nachdenklich mit dem Kopf. »Gott sei Dank ist es nicht Matthes!«, sagte sie. »Aber was uns noch fehlt, ist der endgültige Beweis.«

Wen haben Jakob und Agnes als Pfefferdieb im Verdacht und warum?

10

Das Kirschenfest

Am Mittag des Kirschenfesttags war der Burgplatz, auf dem das Kirschkern-Weitspucken stattfinden sollte, überfüllt. Alle wollten miterleben, wer der neue Kirschenkönig würde. Sogar die Stadtwächter hatten sich einen möglichst günstigen Platz auf dem Wehrgang der Stadtmauer gesucht. Der Alte Franz stand mitten unter ihnen und lachte über das ganze Gesicht.

Für die Grafenfamilie und ihr Gefolge war eigens eine Tribüne aufgestellt worden, von der sie einen guten Blick auf die Wettkämpfer hatten. Auch der Stadtvogt, der Bürgermeister, die Ratsmitglieder und die reicheren Bürger der Stadt saßen hier. Adelgunde Steinhaus hatte es kaum abwarten können, endlich auf die Tribüne zu kommen. Sie ging mit ihrem Mann und Agnes schon frühzeitig zu ihren Plätzen, denn sie wollte noch auf Nachbarn und Bekannte treffen, die Kleider der anderen Frauen begutachten und sich in dem Glück sonnen, sich die neueste Mode leisten zu können. Ihr dunkelgrünes Kleid hatte um den Halsausschnitt herum trotz der Hitze sogar einen schmalen Pelzbesatz. Aber die Frau des

Silberschmieds übertraf sie schließlich dennoch. Adelgunde wurde rot vor Zorn, als sie das kleine schneeweiße Hündchen auf dem Arm der Frau entdeckte. Es war nur ein winziges Tier, aber es war eben da.

»Ich hab es ja immer gesagt!«, keifte sie los. »Die Frau benimmt sich wie eine Adelige. Ist das nötig? Muss sie unbedingt ein modisches Hündchen auf dem Arm tragen? Aber natürlich – unsere Gräfin soll ja jetzt auch eines haben!«

Josef Steinhaus klopfte ihr beruhigend auf den Arm.

»Auch noch so kleine Hunde machen nur Schmutz im Haus«, sagte er vernünftig. »Und das willst du doch gewiss nicht!«

Adelgunde setzte sich schnaubend auf ihren Platz und hielt Agnes neben sich fest.

»Und dass du mir nicht wieder davonrennst wie in den letzten Tagen, Agnes!«, schimpfte sie. »Ab jetzt ist Schluss damit. Dieser Jakob ist sowieso kein richtiger Umgang für dich und dieses Früchtchen Hannes schon gar nicht.«

Agnes war wütend, aber sie bekam keine Gelegenheit, Hannes oder Jakob zu verteidigen, denn zu den Plätzen neben ihnen kam gerade Köbes mit seiner Familie und nickte ihnen freundlich zu. Adelgunde lächelte Hilda liebenswürdig an, als hätte sie nicht gerade Böses über deren Sohn Jakob gesagt. Hilda lächelte unbefangen zurück. Sie nahm Elsbeth auf den Schoß und hielt Peter fest, der natürlich viel zu aufgeregt war, um still sitzen zu bleiben. Jakob setzte sich neben Agnes und erntete dafür einen missbilligenden Blick von Adelgunde. Köbes schaute seine Familie prüfend an, aber als er sah, dass keiner fehlte, setzte auch er sich beruhigt hin. Er war froh, dass er dieses Jahr auch einmal dem Wettkampf zusehen konnte. Die Magd Lisa hatte sich bereit erklärt, so lange auf die Schänke aufzupassen.

Viel lustiger ging es bei denen zu, die nicht auf der Tribüne saßen. Sie liefen herum, redeten lachend miteinander und die Kinder bestaunten die Spielleute, die aus Matthes' Schänke kamen. Gottfried war auch dabei. Als er Agnes und Jakob sah, winkte er ihnen zu. Die Kinder um ihn herum entdeckten den Bärenführer und bestürmten ihn, aber der schüttelte den Kopf. Seinen Bären wollte er erst später auf den Marktplatz führen, wenn der Kirschenkönig feststand und die Menschenmenge sich etwas zerstreut hatte.

Vor einer abgesteckten, langen Bahn standen die jungen Erlenburger, die dieses Mal die Wettkämpfer waren. Einer von ihnen, der Kirschenkönig des letzten Jahres, trug einen Kranz auf dem Kopf. Wenn er heute verlor, würde er ihn an den neuen König abgeben müssen.

Da trat der Herold des Grafen Wilhelm aus dem Burgtor. Sofort verwandelte sich der fröhliche Lärm auf dem Platz in Raunen und Geflüster. Alle reckten die Hälse, um die beste Sicht auf das Burgtor zu haben. Auf seinem Rock trug der Herold das Wappen des Grafen, einen aufrecht stehenden roten Löwen, an dessen Tatzen goldene Krallen blitzten. Er setzte seine lange Busine an den Mund und blies drei helle Fanfarentöne.

Graf Wilhelm und Gräfin Elisabeth schritten mit ihren Kindern Konrad und Anna und ihrem kleinen Gefolge aus jungen Edeldamen und Rittern langsam vom Burgtor zur Tribüne. Das Fest stand unter dem Schutz des Grafen, schon allein deshalb gebührte ihm der beste Platz. Eine Leibwache begleitete sie. Wie Adelgunde es erwartet hatte, trug die Gräfin ein Kleid nach der neuesten Mode: Die rechte Seite ihres Gewandes war mit dem roten Löwen ihres Wappens geschmückt, die linke war noch einmal verschiedenfarbig unterteilt. An den Ärmeln hingen von den Ellbogen lange Bänder herunter und auf ihrem Kopf saß eine mit Goldfäden durchwirkte kleine Haube mit einem zarten Schleier. Auch der Graf trug sein Wappen auf seinem farbig unterteilten Rock und hatte modische zweifarbige Beinlinge an. Die Farbenpracht der Gewänder ihres Gefolges, die Schmuckstücke und die Gold- und Silberfäden in den Stoffen leuchteten und blitzten in der Sonne. Graf und Gräfin grüßten in alle Richtungen und nahmen dann ihre Plätze in der ersten Reihe der Tribüne ein. Adelgunde warf der Frau des Silberschmieds einen triumphierenden Blick zu: In den Arm der Gräfin hatte sich ein Hündchen gekuschelt – aber es war pechschwarz mit einem kleinen weißen Fleck auf der Stirn!

Der Herold stellte sich vor die Tribüne. Er hielt eine Pergamentrolle in der Hand und die Wettkämpfer sahen ihn erwartungsvoll an. Als der Graf ihm ein Zeichen gab, rollte er das Pergament auf und verlas mit lauter Stimme:

»Kund und zu wissen sei allen Bürgern der Stadt Erlenburg, die dies hören, die Regel des Kirschen-Wettkampfs im Monat Julius des Jahres 1390 nach der Geburt unseres Herrn Jesus Christus:

item: Die Kerne sollen mit bloßem Munde gespuckt werden. Jeglicher Behelf ist verboten.
item: Jeder der Kämpfer erhält drei Kerne und kann sich somit dreimal erproben.
item: Die Strecke, die erreicht werden muss, beträgt wenigstens fünfundzwanzig Erlenburger Fuß.
item: Der Sieger, dessen Kern der weiteste ist, soll Kirschenkönig sein.

Graf Wilhelm von Erlenburg«

Der Herold rollte das Pergament wieder zusammen, blies erneut in seine Busine und der Wettkampf begann.

Jakob stieß Agnes an. »Weißt du noch letztes Jahr? Der mit dem Blasrohr?«

»Natürlich«, antwortete Agnes. »Deshalb hat er ja gerade vorgelesen, dass man nur mit dem Mund spucken darf. Das wäre sonst auch ungerecht. Er hat mit dem Rohr ja viel weiter gepustet, als die anderen überhaupt spucken konnten!«

Während Agnes noch redete, trat der erste Kämpfer an die abgesteckte Bahn und steckte sich einen Kern in den Mund. Er beugte sich weit nach hinten, schwang seinen Oberkörper nach vorne und spuckte dabei den

Kern. Er flog tatsächlich ein wenig weiter als die geforderten fünfundzwanzig Fuß. Der Jubel seiner Anhänger war groß.

»Schade, dass Hannes nicht bei uns sein kann«, sagte Agnes zu Jakob.

Hannes hörte das Geschrei und Gelächter in der Burgküche und wäre nur zu gerne draußen gewesen. Allein schon deswegen, weil Hugo vor lauter Lampenfieber schlechte Laune hatte. Die hatte er immer, bis ein großes Festessen geglückt war. Erst wenn die Speisen auf Platten und in Schüsseln angerichtet vor ihm standen und alles zu seiner Zufriedenheit gelungen war, wurde er wieder ruhiger und freundlicher.

»Los, los!«, trieb der Koch gerade barsch seine Gehilfen an. Er stand vor einem Kessel am Feuer und hatte eine riesige Schürze über seine Festtagskleidung gebunden. Nichts durfte daran kommen, denn sie war sein ganzer Stolz. Er zeigte mit einem Löffel auf Hannes. »Hinauf mit dir in die Halle. Nimm dir noch jemanden mit und dann räumt ihr den Tisch weg, damit Platz ist für das Fest des Grafen heute Abend! Aber trödelt nicht herum! Ich brauche euch hier unten!«

Hugos Burgküche war ein riesiger Saal im unteren Stockwerk der Burg. Dicke Holzsäulen trugen die Balkendecke zum oberen Stock mit der großen Halle. Hannes ging mit einem Gehilfen über die steinerne Wendeltreppe aus der Küche nach oben. Hier in der großen Halle fand das Leben der Grafenfamilie statt. Vor den

Steinwänden hingen gewebte Wandbehänge gegen die Kälte, auf denen höfische Damen und elegante Ritter auf Pferden, im Garten, beim Essen an langen Tischen und beim Tanz zu sehen waren. In der großen Halle wurden Beratungen abgehalten und gearbeitet, aber auch gegessen und gefeiert. Speiseplatten und Getränkekannen mussten Hugos Gehilfen und Küchenjungen dann aus der Küche hinauftragen und nach dem Essen wieder wegräumen. Jetzt stand nur der hohe Tisch des Grafen da. Hannes zog das Tischtuch herunter und hob zusammen mit dem Gehilfen die Tischplatte an. Sie trugen sie hinter einen Wandschirm und schoben dann auch die beiden Böcke dazu. Bei dem Fest heute Abend musste Platz sein, denn dann wurde hier getanzt. Die große Halle bot genügend Raum und sie war sogar im Winter warm genug. Weil sie direkt über der Küche lag, hatte sie auch einen großen Kamin. Wer sich vom Tanz ausruhen wollte, setzte sich auf die Bänke in den Fensternischen und schaute über den Fluss. Es gab sogar einen kleinen Balkon, auf den man jetzt im Sommer hinaustreten konnte.

Hannes blickte sich noch einmal prüfend um. Besser, Hugo fand heute an seiner Arbeit nichts auszusetzen. Aber alles war in Ordnung. Er nahm das Tuch mit hinunter in die Küche und warf es in einen Wäschekorb. Dann bahnte er sich über das Stroh auf dem Boden einen Weg durch die Schweine und Hühner, die in der Küche herumliefen, zu einem sehr langen Tisch. Darunter standen große und kleine Körbe voller Gemüse,

Zwiebeln, Eier und Kräuter und Säcke mit Mehl. Hugos Gehilfen putzten Gemüse am Tisch. Einer knetete einen Pastetenteig nach Hugos Anweisungen und ein Küchenjunge zerschnitt Zwiebeln. Natürlich lachten die anderen ihn aus, weil er mit den Augen zwinkern musste und ihm die Tränen über die Wangen liefen.

»Rat mal, was das ist!«, rief ein Gehilfe ihm zu. »Hat sieben Häute, beißt alle Leute!«

Und wieder prusteten sie los.

»Hört schon auf!«, schniefte der Zwiebelschneider und wischte sich mit dem Ärmel die Tränen aus dem Gesicht. »Seid froh, dass ihr das nicht tun müsst!«

»Ruhe!«, donnerte Hugo. »Ihr sollt arbeiten und keinen Unsinn machen. Lasst ihn seine Zwiebeln schneiden und kümmert euch um euer Gemüse. Die Gemüsepastete muss in den Ofen, wenn sie noch fertig werden soll!«

Maulend machten die Gehilfen sich wieder über das Gemüse her. Der Tag des Kirschenfestes war nicht sehr lustig, solange Hugo in der Küche mit seinen Kochkünsten noch nicht fertig war.

In einer gewölbten tiefen Mauernische standen Butterfässer und auf den Regalen an der Wand große Vorratskrüge aus Ton für Öl, Essig, Honig und Milch. Die Fenster der Burgküche blickten wie die der Halle auf den Fluss hinaus und eine Tür führte in den Kräutergarten. Hannes hatte auch die Aufgabe, darauf aufzupassen, dass die Tiere nicht hinausliefen und den Kräutergarten zerstörten. Manchmal war das schwierig, wenn er gerade in einem Kessel rührte und gleichzeitig darauf achten musste, dass nichts auf dem Rost anbrannte.

Jetzt im Sommer drang genügend Licht durch Fenster und Türe. War es im Winter schon früh dunkel, musste Hannes dicke Kerzen auf einem großen eisernen Ring anzünden, der von der Decke herunterhing. Mit der Hilfe der anderen Küchenjungen ließ er dann den schweren Ring an einem Seil zu sich herab und zog ihn mit den brennenden Kerzen wieder hinauf.

Aber der Mittelpunkt von Hugos Reich war der große Kamin. Er war so hoch, dass sogar der lange Hugo aufrecht darin stehen konnte. Und er war so breit, dass jetzt, für das Festessen, gleichzeitig mehrere große Kessel mit Suppen und Soßen über einem prasselnden Feuer aus dicken Holzstämmen hingen und daneben noch Roste zum Braten und ein Spieß für ein ganzes Schwein Platz hatten. Hugo war in seinem Element. Er kontrollierte ständig, wie weit das Essen war, probierte Soßen, würzte Suppen und wendete Fleischstücke auf dem Rost. Ein Küchenjunge wischte sich den Schweiß von der Stirn, denn es war anstrengend und einfach zu warm, um bei der Sommerhitze draußen direkt neben dem Feuer den Spieß mit dem Schwein zu drehen. Hannes war froh, dass Hugo nicht ihm diese Aufgabe zugeteilt hatte. Am Rand des Feuers warteten Kugelkessel aus Ton zum Warmhalten der fertigen Speisen in der Glut und oben im Kamin hingen ganze Schinken zum Räuchern.

Neben dem Kamin in der Wand befand sich ein Feuerloch mit einem tiefen Ofen darüber, in dem Brot und

Pasteten gebacken wurden. Man brauchte viel Brot in der Küche des Grafen Wilhelm, denn die Speisen wurden von dicken Brotscheiben gegessen. Für das Festessen heute hatten aber die Bäcker der Stadt das Brot für alle Gäste gebacken und würden es auf Karren zum Markt bringen.

Hugos Pasteten waren berühmt, niemand konnte sie so backen wie er. Seine Gemüsepastete war unübertroffen, aber die erklärte Lieblingsspeise des Grafen war Fleischpastete mit einer würzigen Soße aus Weichselkirschen. Nur Hugo konnte die Soße so zubereiten, dass Graf Wilhelm wirklich zufrieden war, und natürlich durfte sie gerade beim Kirschenfest nicht fehlen.

»Komm her, Hannes!«, rief Hugo, als er Hannes zwischen den Schweinen und Hühnern entdeckte. »Du kannst den anderen helfen, die Kirschen für die Soße zu säubern. Wehe, ich finde auch nur einen Wurm!« Er zeigte zu dem langen Tisch, auf dessen Ende ein Berg Kirschen lag. Hannes seufzte. Ein schon halb gefüllter Kessel stand neben dem Tisch, in den sie die Kirschen werfen mussten. In diesem Kessel würden sie dann auch gekocht, durch ein großes Sieb in einen zweiten Kessel gestrichen und wieder gekocht. War die Soße endlich richtig eingedickt, kamen noch Gewürze und Honig hinzu und ein Stoßgebet von Hugo, damit auch alles gelang. Bei dieser Soße verstand der Graf keinen Spaß.

Hannes wusch die Kirschen und sortierte die faulen aus. Eine Weile war es still in der Küche, weil jeder so schnell wie möglich seine Arbeit tat. An dem Jubel draußen konnte man hören, dass der Kirschenkönig gefunden war. Jetzt blieb nicht mehr viel Zeit bis zum Beginn des Festessens. Es würde für den neuen Kirschenkönig noch einen Umzug durch die Stadt geben und danach würden sich alle ihre Plätze an den langen Tischen auf dem Marktplatz suchen. Und spätestens dann mussten sie hier in der Küche fertig sein.

Hannes trug den Kessel voller Kirschen mit den anderen zum Kamin. Einer der Gemüseputzer am Tisch machte einen kleinen Hopser genau wie Hugo, wenn ihm irgendetwas im Weg lag. Die anderen fingen an zu glucksen. Dann summte er die Melodie von Gottfrieds Froschlied. Alle brachen in Gelächter aus und auch Hannes musste lächeln, aber Hugo wurde böse.

»Glaubt nur nicht, ich höre und sehe eure Faxen nicht!«, rief er vom Kamin, wuchtete den Kessel mit den Kirschen hoch und hängte ihn über das Feuer. »Und ich habe genug von diesen Faxen!«, schimpfte er wütend. »Dieser dahergelaufene Spielmann! Wie er mich vor allen lächerlich gemacht hat! Und jetzt koche ich hier die besten Sachen und er wird sogar davon essen dürfen, dieser anmaßende Wicht! Die Ehre hat er überhaupt nicht verdient!«

Hugo konnte sich kaum beruhigen, aber Hannes hörte nicht mehr zu. Er kümmerte sich um den Eimer mit dem Kirschenabfall, behielt dabei aber Hugo im Auge, wie Großvater Bertram es geraten hatte. Der Koch war so wütend wie vor ein paar Tagen, als er sich wegen des Froschliedes auf Gottfried stürzen wollte. Schon damals war Jakob, Agnes und ihm aufgefallen, wie ähnlich sich die beiden sahen. Beide waren sie lang und dünn, genau wie der Mann nachts bei den Lagerhäusern, von dem der Alte Franz erzählt hatte. Hannes stutzte. Fast hätte er den Eimer fallen lassen: Jetzt, wo Hugo tatsächlich seine Festkleidung trug, hätte auch er es gewesen sein können! Seine Beinlinge waren gelb und dunkelblau und sein Wams, von dem Hannes wegen der Schürze nur Rücken und Ärmel sehen konnte, hatte die gleichen Farben, nur andersherum. Gottfried trug zwar ziemlich bunte Spielmannskleidung, aber keine zweifarbigen Beinlinge. Aber Hugo durfte doch seine bunte Kleidung gar nicht anziehen außer beim Kirschenfest, sonst hätte er ja vielleicht seine Vergünstigung verloren!

In Hannes' Kopf purzelten die Gedanken wild durcheinander. Das passte alles nicht zusammen! Wahrscheinlich hatte der Koch Gottfried niedergeschlagen, aber bestimmt wegen des Froschliedes. Denn warum sollte Hugo Pfeffer stehlen? Die Stimme des Kochs riss ihn aus seinen Überlegungen.

»... dieser Krämer, der keine Gewürze liefern kann. Hat man so was schon gehört? Wovon lebt dieser Mann, frage ich mich, wenn er noch nicht mal mit seinen Waren pünktlich sein kann?« Hugo rührte mit einem großen Löffel Honig in die Kirschsoße und schimpfte weiter. »Da musste ich doch tatsächlich drüben auf die andere Seite des Flusses zu diesem Krämer – wie heißt er – Michel! Einen unerschwinglich teuren Preis habe ich vom guten Geld des Grafen für den schwarzen Pfeffer bezahlt. Ist das zu glauben? Und ich musste auch noch über den Fluss, man stelle sich das vor! Wo mir tiefes Wasser doch nicht geheuer ist! Und die Strömung im Fluss schon gar nicht!«

Hugo unterbrach sich, weil er mit einem kleineren Löffel die Kirschsoße probieren musste. Er klatschte noch einen großen Löffel Honig in den Kessel und rührte und schimpfte weiter.

»Und alles nur, weil der Gewürzkrämer dieser Stadt nicht in der Lage ist, schwarzen Pfeffer zu besorgen. Und zwar dann, wenn man ihn braucht. Und wenn er ihn dann hat, lässt er ihn sich auch noch stehlen – wir wissen ja alle auch, von wem …! Unglaublich! Und unser Dieb spielt auch noch das Unschuldslamm! Keiner denkt an mich! Was für ein Licht wirft das auf meine Küche? Und was würde der Graf von meiner Soße halten, wenn kein schwarzer Pfeffer darin wäre?«

Empört griff Hugo in eine Schale, streute dann großzügig schwarze Pfefferkörner in die Soße und rührte aufgebracht weiter.

In Hannes' Kopf drehte sich alles. Er war zwar wütend über die neue Anschuldigung des Kochs, aber er wusste trotzdem, dass bei Hugos Geschichte etwas nicht stimmte. Fieberhaft suchte er mit den Augen die Nische mit den Vorratskrügen und den Tisch ab. Irgendwo war hier der Schlüssel zum Ganzen versteckt. Und da sah er ihn und hatte den Beweis dafür, wer der wirkliche Pfefferdieb war.

Was verrät den Koch?

11

Der Pfefferdieb

Jakob und Agnes waren aufgesprungen und jubelten mit den anderen Zuschauern dem neuen Kirschenkönig zu. Er hatte seinen Kern viel weiter als 25 Fuß gespuckt und bekam nun vom alten Kirschenkönig feierlich den Kranz aufgesetzt. Ein paar junge Männer nahmen ihn auf die Schultern und führten mit ihm den Umzug an, der einmal durch die ganze Stadt führen würde. Die Spielleute begleiteten sie mit lauter, fröhlicher Musik auf Fideln, Lauten, Flöten, Trommeln und Schalmeien, damit auch jeder, der zu Hause geblieben war, vor die Tür kam. Alle sollten wissen, wer den Kirschenwettkampf gewonnen hatte.

Die Grafenfamilie und ihr Gefolge gingen inzwischen mit dem Stadtvogt zur Burg zurück. Sie würden erst wieder zum Festessen nach dem Umzug erscheinen. Als sie gegangen waren, leerte sich die Tribüne und auch Adelgunde stieg die Stufen hinunter.

»Wenn du meinst«, sagte sie zu ihrem Mann, »dass ich jetzt in meinem neuen Kleid mit all diesen Menschen bei der Hitze durch die Stadt gehe, dann irrst du dich!«

»Aber Adelgunde!«, schmeichelte Josef Steinhaus. »Wann gibt es für dich eine bessere Gelegenheit, dein neues Kleid möglichst vielen zu zeigen?«

Er zwinkerte Agnes hinter dem Rücken seiner Frau zu und behielt Recht. Adelgunde straffte die Schultern, legte die Hand leicht auf den Arm ihres Mannes und reihte sich in den Zug ein. Agnes seufzte erleichtert. Sie wollte Jakob nicht aus den Augen verlieren. Vielleicht würden sie Hannes sehen, denn er musste erfahren, was sie in der Burgschänke herausgefunden hatten.

Der Bürgermeister, die Ratsmitglieder und schließlich die anderen Bürger folgten dem Kirschenkönig durch die Lange Gasse. Überall waren die Häuser mit Blumenkränzen geschmückt, Girlanden aus Zweigen, Blüten und Bändern hingen über den Türen. Mit Musik, Gesang und Gelächter zogen sie bis zum Kloster hinauf, wo Bruder Bernhard neugierig aus der Pforte sah. Er winkte dem neuen Kirschenkönig fröhlich zu und öffnete die Pforte ein Stück weiter, denn Großvater Bertram wollte sich den Umzug auch anschauen. Jakob lief auf ihn zu und zog ihn einfach mit zu seiner Familie.

»Was wollt ihr denn mit mir altem Mann?«, fragte Bertram lachend.

»Papperlapapp«, sagte Köbes, »heute ist jeder dabei, der feiern kann. Und das könnt Ihr, Meister Bertram, das weiß ich!«

Am Kloster bog der Zug nach rechts zum Eckturm ab. Sogar der Alte Franz hatte sein kleines Haus mit Birkenzweigen geschmückt. Von da ging es weiter den Mauersteig hinunter bis zum Marktplatz. Hier musste der alte Kirschenkönig unter viel Gelächter und Beifall über sich ergehen lassen, dass seine Königswürde am Marktbrunnen von ihm abgewaschen wurde. Der neue König goss ihm kurzerhand einen Schwall Wasser aus einem mit Blumen geschmückten Eimer über den Kopf, was bei der Hitze nicht weiter schlimm war. Der alte König schüttelte sich wie ein nasser Hund und gab dem neuen lachend die Hand.

Als das Königsamt auf diese Weise endgültig weitergegeben worden war, beeilten sich alle, zu den langen Tischen neben der Kirche zu kommen. Fast jeder Erlenburger hatte für die Tische Holzplatten und Böcke zur Verfügung gestellt, und wo Sitzbänke fehlten, hatten die Schreiner der Stadt noch vor dem Juli-Markt neue gezimmert. Nur auf dem Podest des Grafentisches standen Stühle mit hohen Lehnen. Alle Tische waren festlich gedeckt und mit Blütenblättern bestreut. An jedem Platz stand ein Trinkbecher, Löffel und Messer hatte jeder selbst dabei. Die Brotscheiben, von denen gegessen wurde, verteilten die Bäckergehilfen erst, als alle saßen, und für die Suppe gab es Stapel von Ton- und Holzschalen. Auf dem hohen Tisch standen Kelche und ein besonders schön verziertes Salzschiff.

Adelgunde schubste und drängte so lange, bis sie einen Platz direkt beim Tisch des Grafen ergattert hatte. Schnaufend setzte sie sich auf die Bank.

»Entschuldigt, Meisterin!« Der Bürgermeister machte eine leichte Verbeugung vor Adelgunde. »Aber ich glaube, der erste Platz an diesem Tisch gebührt mir. Meister Steinhaus und Ihr sitzt ein Stück weiter unten bei den anderen Ratsmitgliedern.«

Das war peinlich. Adelgunde bekam einen roten Kopf und stand wieder auf. Verblüfft beobachtete Agnes, dass ihrer Mutter zum ersten Mal seit langer Zeit die Worte fehlten. Aber das war verständlich, denn dem Bürgermeister widersprach man nicht, schon gar nicht vor so vielen Zuschauern, die sich sowieso schon das Maul zerreißen würden.

»Hier sind wir!«, rief Agnes und rettete Adelgunde aus ihrer unangenehmen Lage.

Josef Steinhaus hatte sich mit seiner Tochter schon auf die ihnen zustehenden Plätze gesetzt. Agnes stellte beruhigt fest, dass Jakob mit seiner Familie und Großvater Bertram genau gegenüber am Tisch vor der Kirche saß. Und auch Matthes entdeckte sie dort.

Überall wurde gelacht und geredet. Die Gäste malten sich die feinen Gerichte aus, die Hugo sich hatte einfallen lassen, und freuten sich darauf. Hoffentlich würde von den guten Sachen nicht nur noch Suppe übrig sein, wenn sie an den unteren Tischen ankamen!

Plötzlich war von den Tischen, die der Burggasse am nächsten standen, Jubel und Beifall zu hören, der sich schnell an den anderen Tischen fortsetzte. Zur Musik der Spielleute zog die Grafenfamilie mit ihrem Gefolge und dem Stadtvogt auf dem Marktplatz ein und ging zwischen den langen Reihen der Gäste auf den hohen Tisch zu. Als sie sich alle gesetzt hatten, sorgte der

Herold mit seiner Busine für Ruhe und der Graf lud mit freundlichen Worten den neuen Kirschenkönig an seinen Tisch. Für ihn stand eigens ein leerer Stuhl neben dem der Gräfin. Das war eine hohe Ehre und mit einem roten Kopf und unter viel Beifall ging der junge Mann zu seinem Platz. Der Graf gab dem Herold ein Zeichen, worauf der dreimal in seine Busine blies und alle gespannt zur Burggasse blickten.

Was nun kam, übertraf alle Erwartungen. Angeführt von Hugo in seiner gelb-blauen Festtagskleidung näherten sich die Gehilfen und Küchenjungen. Sie zogen die Speisewagen und schleppten zu zweit große Holzbretter mit Schüsseln und Platten. Alle trugen zur Feier des Tages ein Wams mit dem Wappenlöwen des Grafen.

Hugo hatte keine schlechte Laune mehr. Er war stolz auf das Ergebnis von zwei Tagen harter Arbeit in der Küche: Die Schüsseln waren mit verschiedenen Soßen, Gemüsen, Süßspeisen und Früchten gefüllt und mit gebratenen Fleischstücken, Geflügel und Fisch. Auf den Platten lagen mit Kräutern verziert die Gemüse- und Fleischpasteten. Die Suppenkessel standen in Stroh auf den Wagen und ganze gebratene Schweine wurden auch auf Wagen zum Marktplatz gezogen.

Aber den meisten Beifall bekam Hugo für seine Fleischpastete, die er eigens für den Grafen gebacken hatte. Sie war diesmal so geformt, dass sie ein kleines Abbild der Burg mit den Türmen und Toren und dem Innenhof darstellte. Auf einem Turm steckte eine Fahne aus Zuckerwerk mit dem roten Wappenlöwen.

Hugo verbeugte sich vor dem Grafen und zeigte dabei auf die Pastete, die seine beiden Gehilfen auf einem Brett herbeitrugen und auf zwei vorbereitete Böcke stellten. Ihnen folgte ein Küchenjunge mit einer Schüssel aus Glas und Gold nur für den Grafen, in der seine geliebte Kirschsoße dunkelrot leuchtete. Man sah dem Küchenjungen an, wie froh er war, als er die kostbare Schüssel vorsichtig auf dem Tisch abstellen durfte.

Der Graf nickte Hugo erfreut zu und gab seinem Herold ein Zeichen, wieder in seine Busine zu blasen. Nun wurden die verschiedenen Speisen an den Tischen verteilt. Jeder hatte inzwischen schon seine Scheibe Brot vor sich liegen und bediente sich ausgiebig aus Schüsseln und von Platten. Hannes half natürlich auch mit, obwohl er ertragen musste, dass mancher Gast ihn schief ansah. Allzu viele kannten inzwischen die Geschichte von Hannes und dem Pfeffersack.

Hannes hatte Jakob bemerkt und es so eingerichtet, dass er an seinen Tisch kam. Neben Jakob saß Großvater Bertram und umarmte seinen Enkel kurz, ließ ihn dann aber seine Arbeit tun. Hannes nahm eine Schüssel mit Gemüse von einem der Bretter, die von zwei Gehilfen getragen wurden. Während er sie auf den Tisch stellte, flüsterte er Jakob zu: »Ich muss mit euch reden. Am besten, wenn die Gaukler dran sind.«

Jakob nickte mit dem Kopf. »Wir auch mit dir. Ich gebe Agnes ein Zeichen. Also später hinter der Kirche!«

»Nun mach schon, Hannes!«, rief der eine Gehilfe. »Das Brett mit den Schüsseln ist schwer!«

Hannes nickte Jakob zu und nahm die nächste Schüssel vom Brett. Nach ihm kamen Küchenjungen mit Kannen voll Bier und Wein und füllten die Becher und bald hörte man nur noch zufriedenes Gemurmel.

Jetzt war es Zeit für den Auftritt der Gaukler. Der Graf hatte bei ihnen eine würdige Unterhaltung der Festtagsgäste in Auftrag gegeben, die Abfolge aber ihnen überlassen. Nach manchmal ziemlich fröhlicher Beratung bei Matthes in der Burgschänke hatten sie ein Programm voller Überraschungen zusammengestellt.

Zuerst kamen die Spielleute, zu denen auch Gottfried gehörte, und führten einen Sängerwettstreit auf. Der Graf amüsierte sich sehr. Jeder wusste, dass seine Burg Minnesängern und Spielmännern aus allen Teilen Europas offen stand. Er war ein Musikliebhaber und hatte selbst schon zu manchem echten Sängerwettstreit eingeladen. Dabei wurden nicht einfach nur Lieder gesungen. Die Sänger mussten sehr geschickt mit Musik und Worten umgehen können, denn einer sang eine gerade selbst erfundene Strophe und der Nächste musste ihm antworten und dabei klug reimen. Gingen dem zweiten Sänger die Worte aus, musste der dritte sich etwas einfallen lassen und so ging es weiter. Natürlich hatten die Spielleute sich als Thema das Kirschenfest gewählt und natürlich auch das vom Grafen so großzügig gespendete Festmahl. Aber was sie daraus machten, zeigte ihre Kunstfertigkeit und ihren Witz. Die Verse waren manchmal so komisch, dass ihre Zuhörer vor Lachen kaum weiteressen konnten.

Dann kamen die Artisten und Akrobaten und verwandelten den Platz zwischen den Tischen in ein wahres Feuerwerk aus fliegenden Körpern, Bällen, Reifen und Holzscheiten. Auch dabei vergaß mancher der Gäste weiterzukauen und schaute mit offenem Mund zu.

Stelzenläufer, Feuerspucker, und Pantomimen folgten aufeinander und dazwischen sangen Lautenschläger und Spielmänner die neuesten Lieder, die sie in anderen Städten und manchmal sogar in anderen Ländern gehört und auswendig gelernt hatten: über die Abenteuer eines Ritters, über die Liebe, über den Krieg.

Jakob hatte schon gleich beim Sängerwettstreit Agnes ein Zeichen gegeben und nach links zur Kirche gezeigt. Sie nickte und Jakob sah, wie sie mit ihrem Vater sprach und dann aufstand. Als sie beide hinter der Kirche ankamen, wartete Hannes dort bereits auf sie.

»Da seid ihr ja endlich!«, empfing er sie aufgregt. »Ich muss euch dringend was erzählen! Ich weiß, wer der Pfefferdieb ist.«

»Was, du auch?«, staunte Jakob. »Wir auch!«

»Hugo!«, platzte Agnes schließlich heraus. »Wir können es nur nicht beweisen!«

»Ich aber!«, sagte Hannes. »Zwischen den Butterfässern in der Küche habe ich den Pfeffersack entdeckt. Er stand heute erst da, sonst hätte ich ihn schon früher gesehen.«

»Woher weißt du, dass es unser Sack ist?«, fragte Agnes. »Das Bleisiegel ist doch nicht mehr dran!«

»Das G mit dem Krönchen ist aber draufgemalt und

bei dem Krönchen ist die Farbe an einer Zacke verwischt. Genau wie bei dem Sack, den ich ins Lagerhaus getragen habe.«

»Aber warum sollte Hugo den Pfeffer klauen?«, wunderte sich Agnes. »Der Graf hat doch genug Geld, um jeden Preis dafür zu bezahlen!«

»Aber wenn es doch keinen schwarzen Pfeffer zu kaufen gibt?«, sagte Hannes. »Hugo hat die ganze Zeit vor sich hingeschimpft, dass er sogar zu Krämer Michel musste. Aber der hat nur weißen Pfeffer, hat Schiffer Klaus gesagt, also kann das nicht stimmen!«

»Alles passt zusammen!«, sagte Jakob. »Als wir bei Matthes in der Schänke waren, hat er erzählt, dass Hugo vor drei Tagen nachts noch in seiner bunten Kleidung zu ihm kam. Er hat zweifarbige Beinlinge, wie der Alte Franz es erzählt hat. Hugo kann also in der Nacht auch um die Lagerhäuser geschlichen sein!«

»Ja, und Hugo hat morgens Matthes bei den Weinfässern geholfen«, fügte Agnes hinzu, »als er sie aus dem Lagerhaus abgeholt hat. Da hat er den Sack einfach mitnehmen können.«

»So muss es gewesen sein!«, rief Hannes aufgeregt. »Und heute hat er den Sack in die Küche gebracht!« Er grinste über das ganze Gesicht vor Erleichterung. »Jetzt muss mir einfach jeder glauben, dass ich es nicht war!«

»Ja, aber was machen wir jetzt?«, fragte Jakob. »Wir können doch nicht einfach auf dem Marktplatz herumschreien, wer der Dieb ist. Die lachen uns doch aus und Hugo lacht am lautesten!«

»Es müssen aber alle hören, dass ich nicht der Dieb bin«, drängte Hannes. »Die ganze Stadt weiß ja auch, was Hugo über mich und den Pfeffersack gesagt hat.«

»Warten wir ab, was heute noch passiert«, sagte Agnes. »Und wenn es auch nur eine winzige Möglichkeit gibt, dann nutzen wir sie.« Sie stockte. »Ich bin sehr gespannt, warum er das getan hat.«

»Also«, sagte Jakob. »Wir beobachten Hugo und halten die Ohren auf.«

Hannes lief schnell wieder zu seiner Arbeit zurück, damit die anderen ihn nicht zu lange vermissten. Hoffentlich verrät Hugo sich, bat er im Stillen, hoffentlich macht er einen Fehler! Aber warum nur hatte Hugo das getan und ihn fast ins Unglück gestürzt? Auch Agnes und Jakob gingen aufgeregt zurück zu ihren Plätzen.

Das Festessen ging weiter, aber es passierte nichts, was irgendwie verdächtig gewesen wäre. Die Gäste ließen es sich schmecken und schauten den Gauklern zu. Hugo benahm sich wie immer, stolzierte umher und sammelte bei allen das Lob für sein Essen ein. Er scheuchte die Küchenjungen, wenn er leere Kelche und Trinkbecher entdeckte, damit sie nachschenkten. Meistens hielt er sich an den oberen Tischen dicht beim Hohen Tisch des Grafen auf. Nach der Tischordnung saßen dort die Leute, auf deren Lob es ihm besonders ankam. Sie waren reich und hatten Einfluss. Auch vermochten sie mit seinem Essen so umzugehen, wie es den kostbaren Speisen in den Augen des Kochs gebührte. Die Edelleute tauchten vornehm ihre Fleischstücke in die verschiedenen Schalen mit Soßen und die Ratsleute legten abgenagte Knochen nicht wieder auf die Platte mit den Fleischstücken, sondern warfen sie den Hunden vor. Die waren von überall her gekommen, weil es auf dem Marktplatz einfach zu gut roch.

An den Tischen für die weniger einflussreichen Bürger, die auch weiter vom Tisch des Grafen entfernt waren, konnte es schon vorkommen, dass jemand einem anderen ein besseres Stück Fleisch von der Brotscheibe stibitzte. Oder einer wischte sich den Mund am Tischtuch oder leckte seine Finger herzhaft ab, um dann gleich darauf mit diesen Fingern ein Stück Fleisch in eine Soße zu tauchen, die für alle bestimmt war. Aber wie sollten auch Leute, die sich sonst so gute Sachen nicht leisten konnten, wissen, wie man solche Leckerbissen gebührend würdigte? Hugo hatte für solche Tischmanieren allerdings kein Verständnis. Er verdrehte die Augen zum Himmel und begab sich kopfschüttelnd wieder zu den oberen Tischen.

Er merkte nicht, dass er ein gefundenes Fressen für den Pantomimen war. Der Gaukler beobachtete ihn genau, und als er an der Reihe war, ahmte er den Koch so gekonnt nach, dass nicht nur die Gäste an den unteren Tischen etwas zu lachen hatten. Hugo unterdrückte seinen Zorn und stakste besonders liebenswürdig lächelnd weiter umher.

Schließlich kam auch dieses Festessen zu einem Ende. Graf Wilhelm gab seinem Herold ein Zeichen, damit er mit seiner Busine für Ruhe sorgte. Dann erhob der Graf seine Stimme und dankte Hugo im Namen aller für ein wunderbar gelungenes Festmahl.

»Vor allem die herrliche Kirschsoße ist Euch wieder einmal unübertrefflich geglückt, mein lieber Hugo!«, sagte er. »Und da ich weiß, dass es diesmal schwierig war, an schwarzen Pfeffer zu kommen, gebührt Euch noch einmal so viel Ehre.«

Hugo wurde rot und verbeugte sich tief vor dem Grafen. Der fuhr fort: »Da hat sich schließlich die große Summe Geldes, die ich Euch für den schwarzen Pfeffer des Krämers Michel gab, doch ausgezahlt. Ich bin besonders froh, dass von dem bedauerlichen Vorfall des gestohlenen Pfeffersacks unseres verehrten Meisters Steinhaus« – der Graf nickte in Richtung des Gewürzkrämers – »beim Festessen nichts zu spüren war.«

Hugo platzte fast vor Stolz und Wichtigkeit. Er merkte nicht, dass Josef Steinhaus stutzte und ihn aufmerksam musterte. Hugo verbeugte sich noch einmal und stand dann mit hoch erhobenem Kopf beim Tisch des Grafen. Er bekam viel Beifall von den Tischen. Wenn Graf Wilhelm ihn schon so lobte, dann wollten die anderen nicht zurückstehen, auch wenn sie sein Gehabe ein wenig aufdringlich fanden. Predigte der Pfarrer nicht in der Kirche, dass Eitelkeit eine Todsünde war? Aber was wollte man schon bei Hugo dagegen tun – er war nicht mehr zu ändern. Und kochen konnte er nun wirklich ausgezeichnet!

Auf einmal kehrte Ruhe ein. Alle beobachteten gespannt die Szene vor dem Grafentisch. Graf Wilhelm hatte Hannes entdeckt und zu sich gewunken. Mit gesenktem Kopf und rot im Gesicht stand der Küchenjunge vor ihm. In die plötzliche Stille hörte man Adelgunde rufen: »Da ist dieses Früchtchen, dieser Pfefferdieb!«

Es ging ein Raunen durch die Reihen und man sah, wie peinlich Josef Steinhaus das Ganze war, aber er konnte seine Frau nicht aufhalten. Sie war aufgesprungen und rief: »Gib uns sofort unseren Sack heraus! Und dann ab mit dir in den Turm!«

Die Edelleute sahen sich an und verbargen ein amüsiertes Lächeln. Josef Steinhaus zog seine Frau wieder auf ihren Platz und beruhigte sie, denn der Graf machte ein Zeichen, dass er mit Hannes reden wollte.

»Es ist jetzt drei Jahre her«, begann er, »dass ich dich auf Fürsprache des Klosters als Küchenjunge in meiner Burgküche aufgenommen habe. Ich muss dir die Umstände, unter denen dies geschehen ist, nicht näher schildern. Aber ich möchte dich daran erinnern, dass dein Vater ein rechtschaffener Mann war und du ihm mit diesem Verdacht, in den du geraten bist, nicht zur Ehre gereichst. Wenn Hugo sich nicht für dich eingesetzt hätte, dann säßest du jetzt im Turm.«

Hugo nickte bestätigend und sah Hannes zornig an. Der Stadtvogt blickte ernst und der Bürgermeister und die Ratsherren schüttelten bedauernd die Köpfe. Auch sie konnten sich an Hannes' Vater, den Schreinermeister Johannes, erinnern. Der Junge tat ihnen leid, aber er hatte einen schweren Fehler gemacht und war zum Dieb geworden. Großvater Bertram hatte die Hände vor das

Gesicht geschlagen. Er fürchtete das Schlimmste für seinen Enkel. Es war so gut wie unmöglich, seine Unschuld zu beteuern, wenn die ganze Stadt eine andere Meinung gefasst hatte.

»In Anbetracht dieses schönen Festes«, fuhr der Graf fort, »will ich heute Gnade vor Recht ergehen lassen und dich von allen Konsequenzen freisprechen, wenn du geständig bist und dem Gewürzkrämer sein Eigentum wieder herausgibst. Was hast du dazu zu sagen?«

Es war totenstill auf dem Platz. Dies war eine ganz ungewöhnliche Gnade, und wenn der Junge auch nur einen Funken Verstand hatte, dann nahm er sie an.

Aber in diesem Moment ging eine Veränderung in Hannes vor. Er hob den Kopf, straffte seine ganze schmächtige Gestalt und sagte laut und deutlich: »Ich bin unschuldig! Ich bin kein Dieb!«

»Hat man Worte! Was für ein Galgenstrick!«, kreischte Adelgunde und übertönte das erstaunte Gemurmel, das von allen Tischen kam. Dann musste sie zu ihrem Entsetzen sehen, wie ihre eigene Tochter und dieser Bengel, dieser Jakob, um die Tische herumliefen und sich hinter Hannes stellten. Sofort war es wieder still. Die Sache schien spannend zu werden.

Graf Wilhelm sah die Kinder erstaunt an und lächelte.

»Nun«, sagte er, »es ist sehr schön von euch, dass ihr eurem Freund helfen wollt. Aber ich glaube, er muss sich allein entscheiden.«

»Er kann sich nicht entscheiden«, sagte Agnes laut, »weil er es nicht war!«

Eine Handbewegung des Grafen gebot einem Aufschrei Adelgundes und erstaunten Rufen von den Tischen Einhalt.

»Wie kommst du zu dieser Ansicht?«, fragte er Agnes.

»Wir wissen, wer der wahre Dieb ist«, sagte Agnes.

»Da steht er«, fügte Jakob mit fester Stimme hinzu und zeigte auf den Koch. »Es ist Hugo!«

Bestürztes Raunen und Zischeln war zu hören.

»Das ist eine Ungeheuerlichkeit!«, explodierte Hugo. »Das muss ich mir nicht bieten lassen.«

Mit erhobenem Kopf wollte er gehen, aber der Graf rief ihn zurück.

»Wir wollen doch hören, was die Kinder zu sagen haben. Sie sind wohl klug genug, nicht ohne Grund eine solch schwerwiegende Anschuldigung auszusprechen.«

Hugo blieb nichts anderes übrig. Er musste bleiben, wo er war. Wie aus dem Nichts waren zwei Stadtknechte aufgetaucht und bereit, jederzeit einzugreifen.

Der Graf ließ die Kinder reden und sie erzählten abwechselnd alles, was sie herausgefunden hatten.

»Und dann hat er auch noch Gottfried niedergeschlagen!«, rief Agnes. Und Jakob berichtete über den Pergamentfetzen und legte ihn als Beweis auf den Tisch.

Graf Wilhelm hatte den Kindern die ganze Zeit aufmerksam zugehört. Er erkannte seine halbe Unterschrift auf dem Urkundenfetzen, schaute seinen Koch ungläubig an und fragte dann Agnes: »Wer ist Gottfried?«

»Ein Spielmann und ein Freund von uns!«, antwortete sie. Aber Gottfried hatte seinen Namen gehört und war schon auf dem Weg zu ihnen. Der Graf musste gar nicht weiter nachfragen. Der Verband um Gottfrieds Kopf sprach für sich.

»Erzählt weiter!«, forderte er die Kinder auf und schüttelte betrübt den Kopf.

»Und dann habe ich heute den Pfeffersack zwischen den Butterfässern in der Burgküche gefunden«, sagte Hannes. »Es ist ganz sicher der gestohlene Sack.«

Hugo hatte bisher versucht, Haltung zu bewahren. Aber jetzt verlor er völlig die Fassung und sackte in sich zusammen. Nur ein Häufchen Elend war von dem stolzen, eitlen Koch des Grafen übrig.

»Ich sehe Euch an, Hugo«, sagte der Graf, »dass die Anschuldigung wahr ist.«

Hugo nickte kleinlaut und die beiden Stadtknechte rückten dichter an ihn heran.

»Bevor ich Euch in den Turm bringen lasse – was ich sehr bedaure, aber Ihr lasst mir keine Wahl –, erklärt mir, warum Ihr den Pfeffersack gestohlen habt. Was in aller Welt gab Euch den Grund für ein solches Vergehen?«

Hugo blieb nichts anderes übrig, er musste vor allen Leuten gestehen. Ausreden gab es nicht mehr.

»Alles ging von vornherein schief!«, klagte er und warf verzweifelt die Arme in die Luft. »Es fing schon damit an, dass ich beim Schneider meine neue Festtagskleidung bestellen wollte. Er hatte wunderschöne Stoffe, aber sie waren furchtbar teuer. Fast hätte ich diesmal mein Privileg gar nicht ausnutzen können! Aber dann habt Ihr mir das Geld für das Festessen gegeben. Es tut mir leid!« Hugo sah den Grafen reumütig an. »Aber die Versuchung war einfach zu groß.«

Nachdem Hugo alles bezahlt hatte, was er für das Festessen brauchte, war das Geld für den schwarzen Pfeffer übrig geblieben, weil Josef Steinhaus noch auf seine Waren aus Italien wartete. Und weil es genau die Summe war, die der Schneider für seine Arbeit verlangte, hatte Hugo sie auch dafür benutzt.

»Nun gebt nicht mir die Schuld!«, rief der Schneider vom Tisch der Ratsherren. »Der Preis war gerecht!«

»Das macht nur die Eitelkeit!«, rief Adelgunde aufgebracht. Josef Steinhaus sah seine Frau in ihrem neuen Kleid erstaunt an und musste trotz allem schmunzeln.

Als die Pfefferlieferung schließlich abends am Hafen ankam, hörte Hugo von Matthes in der Burgschänke davon. Er hatte an diesem Tag seine neue Festtagskleidung vom Schneider abgeholt und sie spätabends Matthes noch vorgeführt.

Rasch hatte er sich verabschiedet und versucht, ins Lagerhaus zu kommen. Das war die Gelegenheit, sich den Pfeffer zu besorgen, den er doch so dringend für seine Soße benötigte. Aber er war zu spät gekommen und musste schnell wieder verschwinden, weil der Torwächter kam, um die Lagerhäuser zu kontrollieren.

»Das stimmt!«, rief der Alte Franz von seinem Platz. »Ich war oben auf dem Wehrgang. Da habe ich einen Mann mit einem Umhang weglaufen sehen. Er war lang und dünn und trug verschiedene Beinlinge, einen hellen und einen dunklen.«

Alle schauten auf den langen, dünnen Hugo und sein gelbes und sein dunkelblaues Bein.

Am nächsten Morgen hatte Hugo Matthes seine Hilfe angeboten. In einem unbeobachteten Augenblick hatte er den Pfeffersack unter seinem Umhang versteckt und in seine Kammer getragen. Matthes hatte mit dem Zollmeister gesprochen und nichts bemerkt.

»Das ist ja wohl die Höhe!«, rief Matthes entrüstet. »Und ich dachte, du wolltest mir aus Freundlichkeit helfen, Hugo!«

Am gleichen Tag war er mit dem Stadtvogt und Matthes zum Marktplatz gegangen, um das Fest zu planen.

»Dort habe ich dann diesen Spielmann gesehen, diesen Gottfried!«, sagte Hugo und funkelte Gottfried an. »Er machte sich über mich lustig, sonst hätte ich ihn gar nicht wahrgenommen!«

Und Gottfried trug auch noch das Bleisiegel am Wams, das Hugo zu seiner Bestürzung verloren hatte. Das hatte er allerdings erst gemerkt, als der Sack bereits in seiner Kammer stand. Hugo glaubte, dass Gottfried etwas wisse und ihn provozieren wolle. Da schlug er ihn nachts vor der Burgschänke nieder, um ihm das Bleisiegel abzunehmen. Aber Gottfried hatte sich gewehrt und ihm dabei sogar seine Urkunde zerrissen, die er dummerweise noch bei sich trug. Zu allem Überfluss hatte Hugo die Stadtwache kommen hören und ohne das Bleisiegel verschwinden müssen.

»Ihr habt mich nicht nur niedergeschlagen«, rief Gottfried empört. »Ihr habt mich ruiniert! Bei meinem Sturz ist meine Laute zerbrochen. Was soll ich nun ohne Laute anfangen?«

Hugo warf ihm nur einen gleichgültigen Blick zu und wandte sich wieder zum Grafen um.

»Und wenn es heute in der Küche nicht so turbulent zugegangen wäre«, beendete er trotzig sein Geständnis, »dann hätte ich den Sack auch wieder verschwinden lassen können. Niemand hätte etwas bemerkt.«

Graf Wilhelm sagte nichts, aber er sah so zornig aus wie lange nicht. Erst als die Stadtknechte den ehemals so stolzen Hugo ganz unrühmlich zum Turm führten, fasste er sich wieder. Er erhob sich, kündigte das Verfahren gegen Hugo für den übernächsten Tag an und bat den Stadtvogt, alles Nötige dafür einzuleiten.

»Und jetzt«, rief er seinen Gästen zu, »will ich meinem Küchenjungen Hannes zu seinem Recht verhelfen. Ich ordne an, dass niemand« – er warf einen Seitenblick auf Adelgunde –, »wirklich niemand ihn mehr einen Dieb nennen darf, da der wahre Pfefferdieb gefunden ist.«

Adelgunde blickte mürrisch drein, wurde aber etwas kleiner auf ihrem Platz. Jakob und Agnes freuten sich mit Hannes und Großvater Bertram sah so erleichtert aus, als wäre ihm ein Felsbrocken vom Herzen gefallen.

»Des Weiteren verfüge ich«, fuhr Graf Wilhelm fort, »dass mein Küchenjunge Hannes die beste Ausbildung zum Koch erhalten und vielleicht in ein paar Jahren Hugos Platz in meiner Küche einnehmen soll.«

Hannes strahlte über das ganze Gesicht und die Gäste an den Tischen nickten ihm freundlich zu. Alle waren ja jetzt nachhaltig von Hannes' Unschuld überzeugt worden.

»Bevor das Kirschenfest nun fröhlich weitergefeiert wird, muss ich noch etwas begleichen, das mich sehr betrübt. Ich möchte dich, Gottfried, für die Untat meines ehemaligen Kochs entschädigen. Deshalb sollst du heute Abend bei meinem Burgfest aufspielen und dafür eine neue Laute und eine gute Entlohnung erhalten. Bist du einverstanden?«

Gottfried fehlten die Worte vor Freude, also machte er nur eine tiefe Verbeugung. Graf Wilhelm nickte ihm und den Kindern lächelnd zu und begab sich dann unter viel Beifall mit seinem Gefolge zurück zur Burg. Jetzt konnte das Fest der Bürger auf dem Marktplatz mit Musik und Tanz beginnen und der neue Kirschenkönig war wieder der Mittelpunkt.

Hannes, Jakob und Agnes sprangen um Gottfried herum und freuten sich mit ihm. Gottfried zwinkerte ihnen zu und rief: »Wohlan!«

Und zum großen Gelächter aller schlug er auf seiner geliehenen Laute die inzwischen stadtbekannte rasche, lustige Melodie an und sang:

»So kann es auch den Leuten gehn,
die meinen, über euch zu stehn:
Sie tragen hoch die eitle Nase
und platzen dann wie eine Blase.«

Nachtrag

Gerichtsurteil zu Erlenburg:

Anno Domini 1390, im siebten Monat des Jahres, wurde zu Erlenburg entschieden, dass man denselben Koch Hugo dem Nachrichter befehligt, welcher ihm seine Hände zurückbinde und ihn auf einen Schlitten setze. Dann soll derselbe Hugo in seinen neuen Kleidern durch die Stadt gezogen sein und zum Spotte aller ein Säcklein Pfeffer um den Hals tragen. Nachher bezahle er von seinem eigenen Gelde dem Krämer Josef Steinhaus seinen Schaden und verlasse für immer als Vogelfreier die Stadt. Damit sei Genugtuung geschehen.

Graf Wilhelm von Erlenburg

Hugos Weichselkirschen-Soße

Eine Sauce von Weichselkirschen zu machen

Wenn du eine gute Sauce von Weichselkirschen machen willst, so tu die Kirschen in einen Topf und setz sie aufs Feuer und laß sie kochen und laß sie dann wieder erkalten und passier sie durch ein Tuch und tu sie dann wieder in den Topf und setz sie aufs Feuer und laß sie gut kochen und rühr sie, bis sie dick werden, und tu dann Honig daran und geriebenes Brot und Nelken und Gewürzpulver und tu sie in ein Fässchen. Sie hält sich über drei oder vier Jahre.

Modernes Rezept (für vier Personen)

Zutaten: 200 g entsteinte Kirschen aus dem Glas, 1/4 l Kirschsaft, 20 g Butter, 1 TL Honig, 1 Scheibe Weißbrot, 1 Msp Nelken, 1 Msp schwarzer Pfeffer, 1/4 TL Zimt, 1 Prise Salz

Zubereitung: Kirschen aus dem Glas auf ein Sieb geben, dabei den Saft auffangen, die Kirschen passieren. Mit dem fein zerbröselten Weißbrot, dem Honig und den Gewürzen aufkochen und die Flüssigkeit auf etwa zwei Drittel reduzieren.

Die Sauce passt warm zu Wild- oder Fleischpasteten.

Lösungen

Seite 18/Kapitel 1

Der Alte Franz hat eine lange, dünne Gestalt mit einem Umhang entdeckt, die durch die Gasse zwischen den Lagerhäusern verschwindet. Was hat der Kerl hier zu suchen?

Seite 31/Kapitel 2

Agnes will in den Tunnel, denn dort haben die Knechte nicht suchen können, weil sie keinen Schlüssel zum Tunneleingang hatten. Jakob hatte ihn am Morgen zugeschlossen. Das wollten die Knechte dem Gewürzkrämer Steinhaus auch sagen, als sie von ihrer vergeblichen Suche zurückkehrten, aber Adelgunde ließ sie ja nicht zu Wort kommen!

Seite 40/Kapitel 3

Das Reisebündel mit Kräutern und Salben gehört offenbar jemandem, der einen Heilberuf ausübt. Quacksalber, Wunderheiler oder Barbiere kommen zu jedem Jahrmarkt, auch zum Kirschenfest nach Erlenburg. Der Dieb könnte also sehr gut auch ein Fremder sein, der zum Fest in die Stadt kommt und Pfeffer für seine Medizin brauchen kann: Pfeffersalbe wärmt bei Rheuma, Pfeffermilch lindert Halsschmerzen und Husten, Kümmel-Pfeffer-Pulver ist gut gegen Übelkeit.

Seite 50/Kapitel 4

Im Laub der Toreiche liegt eine Jakobsmuschel. Vermutlich gehört sie Benedikt, denn als Peter ihn am Morgen in der Schänke um seine Pilgermuschel bat, antwortete Benedikt, er habe seine verloren.

Seite 62/Kapitel 5

Gottfried trägt das Bleisiegel Gieronimos am Wams, das ursprünglich an dem vermissten Sack mit schwarzem Pfeffer hing.

Seite 71/Kapitel 6

Hugo und Gottfried sehen sich sehr ähnlich. Beide sind lang und dünn.

Seite 80/Kapitel 7

Bei dem Schriftstück handelt es sich offenbar um eine Urkunde. Vervollständigt könnte sie die Erlaubnis enthalten, die »unserem hochgeschätzten Koch das Privileg zum Tragen bunter Kleidung« einräumt, obwohl diese »nicht standesgemäß« ist.

Seite 94/Kapitel 8

Glück gehabt! Hannes wird vor Hugo in der Burgküche ankommen, denn der Koch kann sich nicht von den wunderbaren Stoffen trennen, die der Schneider anbietet.

Seite 112/Kapitel 9

Wenn Hugo bereits in der Nacht vor dem Kirschenfest seine farbenprächtige Festkleidung angezogen hat, verdichtet sich der Verdacht, dass er es war, den der Alte Franz nachts am Hafen gesehen hat. Fragt sich nur, ob Hugos neue Beinlinge auch verschiedenfarbig sind, wie der Nachtwächter sie beschrieben hat. Und wenn Hugo Matthes am nächsten Morgen geholfen hat, hätte er den Sack unauffällig mitgehen lassen können. Aber warum hätte er das tun sollen?

Seite 126/Kapitel 10

Hannes erinnert sich an die Aussage des Schiffers, dass Krämer Michel unbedingt *weißen* Pfeffer haben wollte. Zwischen den Butterfässern in der Nische entdeckt er dazu noch den gestohlenen Pfeffersack mit dem aufgemalten Gieronimo-G.

Das Leben in einer mittelalterlichen Stadt

Erlenburg ist eine typische mittelalterliche Stadt um 1390 mit ungefähr 1200 Einwohnern. Wer wissen will, nach welchen Regeln und unter welchen Bedingungen die Menschen in einer Stadt zusammenlebten, kann hier mehr erfahren.

STADTVERWALTUNG

Stadtherr: Erlenburg ist aus einer Handwerkersiedlung um eine Burg entstanden. Burg, Stadt und große Ländereien mit Marktflecken und Dörfern gehören der Familie der Grafen von Erlenburg. Um 1390 ist Graf Wilhelm der Stadtherr.

Stadtvogt: Der Vogt ist der Stellvertreter des Grafen. Markus von Thalbach spricht Recht und treibt Steuern ein. Er beaufsichtigt Maße (wie den Erlenburger Fuß = 32 cm) und Gewichte, die Münze (Erlenburger Groschen), Schänken, Metzgereien und Bäckereien. Wer sich als Fremder in der Stadt niederlassen will, braucht seine Erlaubnis.

Bürgermeister und Stadtrat: Erlenburg hat Stadtrecht. Das heißt, die Erlenburger Bürger dürfen sich mit Bürgermeister und Stadtrat weitgehend selbst verwalten.

Aber der Graf entscheidet, ob sie ihre Ämter auch ausführen dürfen.

Bürger: Ein freier Bürger von Erlenburg zu sein, ist um 1390 ein Privileg: Man darf innerhalb der Stadtmauern arbeiten und Geld verdienen. Die meisten Erlenburger besitzen dieses Bürgerrecht. Ein Unfreier, der ein Jahr und einen Tag in der Stadt lebt, ohne dass sein Lehnsherr ihn zurückfordert, kann den Bürgereid schwören und in der Stadt bleiben.

SICHERHEIT

Stadtmauer: Die Stadt Erlenburg ist mit einem Wassergraben und einem Wall geschützt wie eine Burg. Darüber steigt die Stadtmauer mit Wehrgang und Zinnen auf. Stadtwächter achten vom Wehrgang aus besonders nachts auch auf Feuer.

Stadttore: Große Städte haben bis zu fünf mächtige Turmtore, Erlenburg hat nur zwei. Hier stehen die Torwächter, kontrollieren jeden, der in die Stadt und wieder heraus will, und nehmen den Marktzoll ein.

Toreiche: Nachts bleiben Erlenburgs Stadttore geschlossen. Verspätete Reisende müssen bis zum nächsten Morgen warten. Übernachten können sie nur vor den Stadtmauern in Gasthäusern, Scheunen oder Mühlen. Oder in hohlen, alten Bäumen vor der Stadt, wie in der Erlenburger Toreiche.

Nachtwächter: Der Alte Franz kontrolliert nachts die Straßen, ruft die vollen Stunden aus und achtet auf Feuer und Diebe. Straßenlampen gibt es nicht. An jedem Haus brennt eine Laterne über der Tür, bis die Stadttore geschlossen werden. Danach muss man nachts eine Laterne mitnehmen, sonst ist man verdächtig.

HANDEL

Markt: Das Marktrecht macht Erlenburg reich. Handwerker und Kaufleute bezahlen Marktzoll an den Stadttoren oder am Hafen, wenn sie ihre Waren in der Stadt verkaufen wollen. Besonders der jährliche Juli-Markt bringt der Stadt Geld.

Hafen: Flüsse sind für den Warentransport sicherer und schneller als Straßen, wo Räuber ihr Unwesen treiben. Frachtkähne werden über eine Planke entladen. Erst im 15. Jahrhundert bekommt Erlenburg einen drehbaren Holzkran.

Unterirdische Gänge: Durch die unterirdischen Gänge kann man bei einer feindlichen Belagerung aus der Stadt fliehen. Wie in vielen Städten nutzen die Erlenburger die Gänge, um die Waren vom Hafen in ihre Lagerkeller zu schaffen.

Waren: Der Fernhandel bringt Gewürze, Stoffe, Metalle und vieles mehr aus anderen Ländern. Fässer und Säcke tragen das Zeichen eines Großhändlers aus London oder

Venedig und ein Bleisiegel kennzeichnet, dass sie unterwegs nicht beschädigt wurden. Besonders schwarzer Pfeffer ist so wertvoll, dass er mit Gold aufgewogen wird. Gewürzhändler werden deshalb oft »Pfeffersäcke« genannt!

RECHTSPRECHUNG

Strafen: Einfache Straftaten werden direkt nach dem Geständnis und der Gerichtsverhandlung mit Körperstrafen geahndet. Einem Dieb wird oft die rechte Hand abgeschlagen, die Hand, mit der er fremdes Eigentum entwendet hat. Strafnachlass gibt es so gut wie nie – es sei denn, der Graf lässt Gnade vor Recht ergehen. Wäre Hannes ein Dieb, müsste er das Angebot des Grafen annehmen.

Pranger: Mittelalterliche Strafen sollen die Bevölkerung davon abschrecken, selbst Straftaten zu begehen. Am Pranger oder Schandpfahl werden die Täter dem öffentlichen Spott preisgegeben. Die Schaulustigen nutzen die Hilflosigkeit der Verurteilten, um sie mit faulem Gemüse zu bewerfen. Öffentlichkeit ist ein Teil der Strafe und gibt den Bürgern die Genugtuung, selbst besser und richtiger zu leben als die Übeltäter.

MODE

Reiche Bürger ziehen gerne die neueste Mode an. Wie in ganz Europa müssen sich auch die Erlenburger nach der Kleiderverordnung des Stadtrates richten, denn niemand soll sich über seinen Stand hinaus kleiden. Hugo steht wirklich in hoher Gunst, weil er einmal im Jahr Stoffe für Adelige tragen darf. Feine Wollstoffe, Seide und besticktes oder gefärbtes Tuch gehören zu den teuersten Waren. Reiche Bürgerinnen wie Adelgunde Steinhaus legen deshalb Wert auf kostbare Gewänder, damit jeder sieht, dass sie es sich leisten können. Die Strafgelder, die für falsche Kleidung bezahlt werden müssen, kommen der Stadt zugute.

SPEIS UND TRANK

Die Küche: Vieles heute Selbstverständliche kennen die Erlenburger noch nicht: Kartoffeln, Kaffee, Kakao oder Mais müssen die Seefahrer erst noch mitbringen, wenn sie ab 1500 regelmäßig ins neu entdeckte Mittel- und Südamerika segeln. Und ohne Kühlschrank werden Vorräte anders haltbar gemacht: mit Salz eingepökelt, getrocknet oder geräuchert. Teures wie Braten, Wild, Mandeln, Marzipan oder Wein ist etwas für die Reichen. Jemand wie der Alte Franz trinkt Milch oder Bier und freut sich auf die guten Sachen, die es beim Kirschenfest gibt, denn er lebt größtenteils von Hirsebrei, Brot, Käse und ab und zu einem Stück Speck oder Flussfisch.

Tischsitten: Auf einem gedeckten Tisch in Erlenburg steht ein Becher. Löffel und Messer besitzt jeder selbst. Mit Gabeln wird erst ab dem 16. Jahrhundert gegessen, man benutzt sie nur zum Vorlegen. Die Kirche hat sie verboten, denn sie sehen aus wie der Dreizack des Teufels, mit dem er die armen Seelen in der Hölle quält. Man isst mit den Fingern, deshalb gibt es feste Regeln: Nicht in die Finger schnäuzen, nicht mit abgeleckten Fingern das Fleisch aus der Schüssel für alle nehmen, nicht während des Essens am Kopf kratzen, nicht über den Tisch spucken, die Zähne nicht mit der Messerspitze säubern.

FESTE UND FEIERTAGE

Kirchenjahr: Mittelalterliche Feste haben immer etwas mit Religion und Kirche zu tun. Besonders die drei großen Feste im Kirchenjahr – Weihnachten, Ostern und Pfingsten – werden ausgiebig gefeiert. Nach den Fastenzeiten vor Weihnachten (Advent) und Ostern freut man sich auf die Festessen. Krippen-, Fastnachts- und Osterspiele und die Fronleichnamsprozession werden von den Zünften organisiert.

Markttage: Der jährliche Juli-Jahrmarkt und das Kirschenfest sind aus dem Kirchweihfest von Erlenburg entstanden. Aber auch zu anderen Markttagen wird gefeiert: zu Michael Ende September, wenn der Erntezins an den Grafen fällig wird, oder zu Martin im November, wenn für den Winter geschlachtet und das Fleisch verkauft wird.

Private Feste: Hochzeiten und andere private Ereignisse werden groß gefeiert, aber der Erlenburger Stadtrat schreibt vor, wie viele Gäste eingeladen werden dürfen, damit Festessen und Umzüge im Rahmen bleiben.

SPIELLEUTE UND GAUKLER

»Spielleute« ist eigentlich ein Sammelbegriff für die fahrenden Gaukler, die von einem Jahrmarkt zum andern ziehen und Geld mit allen Arten von Kunststücken und Musik verdienen. Die Spielleute beim Erlenburger Kirschenfest sind allerdings schon vielseitig ausgebildete Musiker. Wie Gottfried können sie lesen und schreiben, komponieren und dichten und oft mehrere Instrumente spielen.

Gaukler: Um 1390 gehören Akrobaten, Artisten, Schausteller, aber auch Quacksalber zu den Gauklern. Besonders beliebt sind Seiltänzer, Springer, Jongleure und Tierdompteure, die mit Hunden und Affen Kunststücke vorführen.

Rechtlos: Grundsätzlich sind Spielleute und Gaukler verdächtig. Sie ziehen ohne feste Bleibe durchs Land, gehören also für die an eine genaue Ordnung gewöhnten Erlenburger zu den Ehrlosen. Deshalb müssen sie vor den Stadttoren übernachten. Schlägt jemand einen Gaukler nieder, wird er nicht verurteilt, es sei denn, der Gaukler stirbt an seinen Verletzungen.

Musikinstrumente: Einhandflöte und Trommel, Schalmei, Fideln, Lauten, Harfen und Dudelsack sind beliebte Instrumente der Gaukler. Die Busine (ein fanfarenartiges Blechblasinstrument) braucht der Erlenburger Herold, um Feste einzuleiten oder den Grafen anzukündigen.

KLOSTER

Benediktinerkloster: Bei Erlenburg steht eines der vielen Benediktinerklöster in Europa. Im 6. Jahrhundert n. Chr. gründete Benedikt von Nursia diesen Orden. Im Kloster leben Mönche, Laienbrüder und Novizen (»Neulinge«). Schon mit sieben Jahren werden Kinder von ihren Eltern Gott geweiht und dem Kloster übergeben. Mit sechzehn Jahren legen sie die Gelübde des Gehorsams, der Armut und der Keuschheit ab und tragen die schwarze Kutte der Benediktiner.

Einige Klosterämter: Abt (Oberhaupt der Mönche), Prior (Stellverteter des Abtes), Probst (wirtschaftlicher Leiter des Klosterbesitzes), Hospitarius (Gästepfleger), Infirmarius (Krankenbruder), Portarius (Pförtner), Novizenmeister (lehrt unter anderem Lesen, Schreiben, Rechnen, Latein und Chorgesang).

Stundengebet: Acht Mal am Tag versammeln sich die Mönche zu den Stundengebeten: *Matutin* (Morgengebet um Mitternacht), *Laudes* (Lobgebet, 3 Uhr), *Prim* (1.

Stunde, 6 Uhr), *Terz* (3. Stunde, 9 Uhr), *Sext* (6. Stunde, 12 Uhr), *Non* (9. Stunde, 15 Uhr), *Vesper* (Abendgebet, 18 Uhr), *Komplet* (Nachtgebet, 21 Uhr). Die Tageseinteilung hat sich auf das weltliche Leben übertragen: zur Prim werden die Stadttore geöffnet, zur Sext ruht die Arbeit für das Mittagsgebet, zur Vesper ist der Arbeitstag zu Ende, zur Komplet werden die Stadttore geschlossen (im Winter früher).

Pilger: Der Hospitarius versorgt die Pilger in der Klosterherberge mit einer Strohmatte und mit Brot und Bier. Seit dem 11. Jahrhundert pilgern jährlich Tausende über die »Jakobswege« durch ganz Europa in den Norden Spaniens nach Santiago de Compostela, dem Wallfahrtsort des Heiligen Jakobus. Im Rheinland heißen die Wirte der Gasthäuser am Jakobsweg daher auch heute noch »Köbes« (Jakob).

Hospital: Klöster besitzen Hospitäler, in denen Arme und Kranke der Umgebung verpflegt werden. Hier bekommen sie ausreichend Schlaf, Essen und Wärme. Manchmal heilt sie schon diese Fürsorge von ihren Leiden, wenn sie zu arm sind, sich regelmäßig zu ernähren.

Kräutergarten: Bruder Anselm stellt aus Heilkräutern wie Labkraut, Kamille, Rosmarin, Fenchel, Minze oder Salbei Tees, Säfte, Salben und Pillen her. Er kann sich dabei auf das verlassen, was eine berühmte Benediktinerin, Hildegard von Bingen, 200 Jahre vor seiner Zeit über die Heilwirkung von Kräutern aufgeschrieben hat.

Altenteil: Wer sein Vermögen dem Kloster überschreibt, erkauft sich dafür ein Altenteil. Hannes' Großvater Bertram hat durch den Verkauf der Schreinerwerkstatt genug Geld dafür. Andere, nicht so glückliche alte Menschen helfen bei der Krankenpflege, in der Klosterküche oder bei den Viehherden mit, um sich ein Bett im Hospital zu erarbeiten.

MEDIZIN

Arzt: In mittelalterlichen Städten teilen sich wenige Spezialisten die medizinische Versorgung. In Erlenburg lebt ein studierter Arzt, der Medicus. Er muss sich an Auflagen des Stadtrates halten, jeden Kranken in dessen Haus besuchen und darf ohne Genehmigung nicht auf Reisen gehen. Jede außergewöhnliche Krankheit muss er sofort melden und zweimal im Jahr die Apotheken auf ihren Vorrat an Heilmitteln kontrollieren.

Apotheker: Der Apotheker oder *Confectionarius* (lat. Zubereiter) betreibt Handel mit medizinischen Drogen und Heilpflanzen, aus denen er nach Anweisung des Arztes Arzneien »zubereitet«. Er verkauft aber auch exotische Gewürze, Weine, Heilwurzeln und *Confect* (lat. Zubereitetes), ein teures und seltenes Zuckerwerk.

Weise Frau und Hebamme: Besonders die Erlenburgerinnen holen sich gerne den Rat der Weisen Frau. In Erlenburg ist sie eine von der Stadt angestellte Hebamme. Sie kennt sich mit Kräutern aus, stellt Arzneien her und holt die Kinder auf die Welt. Ihre Ausbildung hat sie von einer erfahrenen Hebamme bekommen und oft weiß sie mehr als der Arzt. Aber als Frau darf sie nicht studieren oder sich Ärztin nennen.

Badehäuser: Graf Wilhelm hat zwei Badern in Erlenburg das Privileg eines Badehauses gegeben. Zusammen mit ihren Gehilfen sorgen sie für Wannen- und Schwitzbäder und schneiden Haare und Bärte. Sie dürfen aber auch Zähne ziehen, Knochenbrüche behandeln und Wunden versorgen.

Quacksalber: Wunderheiler und Quacksalber (niederl. *quakken* = prahlen, schreien) gehören zum fahrenden Volk und sind deshalb Ehrlose, aber wie Benedikt haben sie oft wirklich Kenntnisse der Medizin.

Inhalt